Elias Baik

Die Anstalt der Reichen

Ein Schauspiel

Bibliografische Information der Deutschen Nationalbibliothek:

Die Deutsche Nationalbibliothek verzeichnet diese Publikation in der Deutschen Nationalbibliografie; detaillierte bibliografische Daten sind im Internet über dnb.dnb.de abrufbar.

Verlag: BoD · Books on Demand GmbH,
In de Tarpen 42, 22848 Norderstedt

Druck: Libri Plureos GmbH,
Friedensallee 273, 22763 Hamburg

ISBN: 978-3-7693-1020-7

Personen

PETER KAKOTYCHÍA
ANNETTE KAKOTYCHÍA, seine Mutter
SAKI KAKOTYCHÍA, sein Vater
GREGOR KAKOTYCHÍA, sein Großvater
MARGARETHE, seine Kollegin
HERR MEININGER, sein Chef
HERR AMROD, der Leiter der Einrichtung
WISSENSCHAFTLER

Insassen der Anstalt:

HEATHER
WOLFRAM
GERHARD
KORDULA
TORBEN
FRED
JONATHAN
MANN, MANN2, FRAU, FRAU2

Mitarbeiter der Anstalt:

CANDY
MANDY
BETTY
BRIGITTE
BRAD
MATT
CLIFF
WACHMANN, WACHMANN2, WACHMANN3,
WACHMANN4, INTERVIEWER, DURCHSAGE

Hinweis zur Inszenierung: Ein Fernsehbildschirm auf der Bühne kann sowohl
die Rolle des Bildschirms als auch die Rolle des Fensters übernehmen. Für die
Flammen können Projektoren und Lichter benutzt werden, für den Qualm eine
Nebelmaschine und für den Schutt, der von der Decke fällt, Styropor.

ERSTER AUFZUG

ERSTE SZENE

Ein junger Mann schlürft mit gebeugtem Nacken vor dem Vorhang entlang. Der Vorhang öffnet sich. Die Bühne ist nun ein kleines, einfarbiges Büro. Durch ein Fenster sieht man einen Bus.

BUSFAHRER: Einsteigen!

PETER: Äh. Entschuldigung. Ich hab meine Fahrkarte vergessen.

BUSFAHRER: Ich sehe Sie ja jeden Morgen. Steigen Sie ein.

Man hört die Fahrgeräusche des Buses, als er davonfährt. Die Tür geht auf und Peter betritt den Raum. Am Tisch sitzt bereits eine junge Frau mit eckigen Brillengläsern.

MARGARETHE: Du bist zu spät. Mal wieder. Der Boss hat dich schon gesucht. Ich hab ihm gesagt, du würdest gerade den Müll runterbringen.

PETER: Danke.

MARGARETHE: Ich hab deine Tabellen für heute geöffnet, damit es aussieht, als hättest du schon angefangen. Das erste Quartal hab ich schon eingetragen.

PETER: Das ist nett, danke. Dann muss ich heute wohl ausnahmsweise keine Überstunden machen.

Er beginnt lustlos auf seine Tastatur einzutippen. Dabei verzieht er schmerzhaft das Gesicht und streckt sich.

MARGARETHE: Geht's dir gut?

PETER: Ach, die üblichen, chronischen Rückenschmerzen. Ich hab mich ja inzwischen daran gewöhnt.

MARGARETHE: Und wie geht's dir sonst so? Hast du eine Wohnung gefunden?

PETER: Keine, die ich mir leisten kann. Die sind alle zu teuer.

MARGARETHE: Dann wohnst du tatsächlich wieder bei deinen Eltern?

PETER: Nur vorübergehend. Aber so kann ich genug Geld sparen, um mir vielleicht irgendwann mal was Eigenes zu leisten. Andererseits … wozu eigentlich?

MARGARETHE: Lass doch den Kopf nicht hängen.

PETER: Mach ich.

Er tippt weiter auf seine Tastatur ein. Margarethe starrt ihn weiterhin an und versucht, ein Gespräch anzufangen.

MARGARETHE: Hast du diese neue Serie schon gesehen, mit dieser seltenen Krankheit …

PETER: Oh Mist!

Er steht auf und holt eine Spritze aus einer kleinen Tasche.

PETER: Das hätte ich fast vergessen.

MARGARETHE: Dein Diabeteszeug?

Er antwortet nicht, sondern verabreicht sich eine Spritze. Dann setzt er sich wieder an den Computer und tippt. Die Tür geht auf und Herr Meininger kommt herein.

HERR MEININGER: Ach! Bitte packen Sie dieses Zeug weg, Herr Kakotschia!

Er stellt die Tasche unter den Tisch.

HERR MEININGER: Und bitte kommen Sie nachher in mein Büro. Wir müssen uns über Ihre Fehlzeiten unterhalten.

Herr Meininger verlässt das Büro und eine eintönige Melodie erklingt, während Peter und Margarethe, die immer wieder zu ihm hinüberschaut, auf ihre Tasten eintippen. Durch das Fenster sieht man erneut den Bus vorfahren und halten. Der Vorhang schließt sich und Peter geht mit gebeugtem Haupt und herabhängenden Schultern vor dem Vorhang entlang, alleine.

ZWEITE SZENE

Der Vorhang öffnet sich. Plötzlich ist auf der Bühne ein Badestrand zu sehen. Ein Mann in Badehose jagt einer jungen, schlanken Frau im Badeanzug hinterher. Beide können nicht aufhören zu kreischen und zu kichern. Der Vorhang schließt sich wieder. Als er sich wieder öffnet, hat sich die Bühne in ein kleines, altmodisches Wohnzimmer verwandelt. Peter sitzt mit seinen Eltern an einem Tisch.

SAKI: Das kannst du nicht ernst meinen! Das kann nicht dein Ernst sein!

PETER: Ich hab doch gar nicht gesagt, dass ich es mache. Ich habe nur gesagt, dass ich darüber nachdenke.

ANNETTE: Über so etwas denkt man nicht einmal nach! Du hast dein ganzes Leben noch vor dir!

PETER: Genau das ist es doch! Ich bin zweiunddreißig und habe nichts! Keinen Job! Kein Haus! Keine Frau! Keine Kinder! Gar nichts! Soll ich etwa noch zwanzig Jahre so weitermachen?!

SAKI: Du hast doch einen Job!

PETER: Das ist kein Job. Das ist eine Zumutung.

SAKI: Das ist noch lange kein Grund, so eine Sache in Betracht zu ziehen! Du bist noch jung! Du kannst alles aus deinem Leben machen!

PETER: Jung?! Ich werde in ein paar Monaten dreiunddreißig. Was hast du mit dreiunddreißig Jahren gemacht? Hast du so ein Leben geführt wie ich? Hast du so ein armseliges Leben geführt wie ich?!

Der Vorhang schließt sich erneut. Als der Vorhang sich öffnet, befindet sich dieses Mal ein Golfplatz dahinter. Ein Mann mit Sonnenbrille spielt Golf, während eine hübsche Frau hinter ihm nörgelt.

FRAU: Komm schon! Es ist heiß hier in der Sonne! Gehen wir uns doch ein bisschen abkühlen!

MANN: Aber ich hab gerade so einen guten Lauf! Nur noch vier
Löcher!

*Sie schleicht sich von hinten an ihn heran und leert eine Flasche
Champagner über ihm aus. Er schreit überrascht auf und sie beginnt kreischend zu lachen und vor ihm davon zu rennen.*

MANN: Na warte du!

*Er rennt ihr lachend hinterher und kreuz und quer über die
Bühne. Ein weiteres Pärchen tritt auf.*

FRAU2: Besetzt ihr diese Stelle noch oder können wir hier spielen?

Die beiden lösen sich voneinander und der Mann lächelt.

MANN: Ach, ihr seid das. Was meint ihr, gehen wir nachher ins
Kasino eine Runde würfeln?

MANN2: Wir gehen heute Abend zum Konzert am See. Dort
wird ein tolles fünf Sterne Gericht aufgetragen.

MANN: Das hört sich doch toll an! Wir sollten uns dort treffen,
das heißt, wenn diese kleine Hexe mich hingehen lässt.

*Er packt sich die lachende Frau, wirft sie sich über die Schulter
und läuft mit ihr von der Bühne. Der Vorhang fällt.*

DRITTE SZENE

*Peter sitzt in einem steril wirkenden, weißen Büro auf einem klei-
nen Klappstuhl. Ihm gegenüber an einem Schreibtisch sitzt ein*

älterer Mann mit kurzen, weißen Haaren auf einem großen, er-
gonomischen Bürostuhl. Sie starren beide auf einen Fernsehbild-
schirm. Auf dem Bildschirm läuft eine Art Werbefilm zu einer an-
regenden klassischen Musik.
Man erkennt ein riesiges Anwesen mit Pool-Anlagen, künstlichen
Stränden, einem Waldstück, einem Golfplatz, Tennisplätzen und
vielem weiteren. Der hagere, ältere Mann hebt eine Fernbedie-
nung und schaltet den Fernseher ab.

HERR AMROD: Ich nehme an, das ist es, was Sie wollen, Herr
   Kakotychía?

PETER: Ja.

HERR AMROD: Haben Sie sich das sorgfältig überlegt?

PETER: Ja.

HERR AMROD: Also gut. (Er kommt um den Tisch herum und
   schaltet eine Kamera ein.) Wir müssen das aufzeichnen. Bitte
   lächeln Sie. Jetzt strecken Sie ihre Hände aus und drehen die
   Handflächen nach oben. Schauen Sie in die Lampe! Sehr gut!
   Und jetzt lesen Sie diesen Text!

PETER: (lesend) Ich bin am vierundzwanzigsten Vierten zum Fi-
   schen nach Frankfurt gefahren und fröstelte fürchterlich wegen dem Fieber.

HERR AMROD: Gut. Also … Sie sind im vollen Besitz Ihrer
   geistigen Fähigkeiten und Ihnen ist vollkommen bewusst, um
   was für eine Art von Institution es sich hierbei handelt. Sie
   haben unsere Traktate erhalten und sorgfältig durchgelesen
   und bei mehreren Treffen mündlichen Vorträgen sorgsam zu-
   gehört. Ich werde es Ihnen nun noch einmal in Kurzform er-

klären. Wie Sie wissen, entwickelt sich die Wissenschaft unentwegt weiter. Unser Lebensstandard ist heute höher als jemals zuvor in unserer Geschichte. Die meisten Krankheiten gehören der Vergangenheit an. Leider kommen solche Errungenschaften nicht ohne einen Preis. Sehr viele, komplexe, wissenschaftliche Untersuchungen erfordern es, an Menschen getestet zu werden, da Tierversuche keine ausreichend zuverlässigen Daten mehr liefern können. Dies war seit jeher ein moralisches Dilemma. Wie kann man den Dienst an manchen Menschen rechtfertigen, wenn andere dafür zu leiden haben? Wie kann man diese Heuchelei rechtfertigen? Zu oft haben Staaten auf Kriegsgefangene anderer Länder und ihre politischen Gegner zurückgegriffen, diese ausgebeutet, versklavt und als Versuchskaninchen benutzt. Glücklicherweise fand unser Gründer Maximilian Hykleri vor acht Jahren eine Lösung für dieses Dilemma. Er gründete die Firma Luxury und sein Sohn revolutionierte das alte Konzept und nannte unser Unternehmen Luxus and light. Der leichte Weg. Und seitdem sind wir Marktführer als Bereitsteller von Menschenmaterial für alle Arten von wissenschaftlichen Experimenten. Unsere Ausgewählten werden von uns so umfangreich in Geld und Lebensqualität entschädigt, dass es die Schmerzen und die Unannehmlichkeiten der Versuchsreihen wieder ausgleicht. Sie haben sich jedoch für ein ganz spezielles Verfahren entschieden, das vergleichsweise selten praktiziert wird. Bitte hören Sie jetzt genau zu.

(Er schnipst mit dem Finger, um Peters Aufmerksamkeit zurückzugewinnen.) Sie haben sich darum beworben, in genau zehn Jahren an einem wissenschaftlichen Experiment zu partizipieren, das für Sie zu 100% tödlich ausgehen wird. Als Ausgleich hierfür werden Sie zehn Jahre als VIP-Gast völlig beschwerdefrei in unserem Luxus-Resort wohnen, und absolut alles erhalten, was Sie sich für Ihren Alltag wünschen. Sie werden nicht arbeiten. Es wird ihnen an nichts, aber auch an gar nichts fehlen. Sie können jedes Leben führen, das sich an unserem

Editorenprogramm zusammenstellen lässt. Aber in zehn Jahren werden Sie sterben. Ist Ihnen das völlig bewusst?

Es herrscht einen Moment Stille. Dann nickt Peter.

HERR AMROD: Sehr gut. Dann haben Sie hier den Vertrag, bevor wir zum angenehmeren Teil übergehen.

Er liest aufmerksam die einzelnen Paragraphen. Dann wendet er sich fragend an Herrn Amrod.

PETER: Einzelne Paragraphen können außer Kraft gesetzt werden, wenn der Unterzeichner gewalttätig wird oder nicht mehr im Vollbesitz seiner geistigen Kräfte ist. Der Unterzeichner darf nicht mit der Presse über interne Vorgänge sprechen. Das Experiment kann in seltenen Fällen nicht schmerzfrei verlaufen. Was soll das heißen?

HERR AMROD: Das müssen wir schreiben. Wir wissen jetzt natürlich noch nicht, für welches Experiment welches Konzerns Sie in zehn Jahren ausgewählt werden, aber in all meinen Jahren als Direktor habe ich niemals ein tödliches Experiment erlebt, bei dem der Geschädigte etwas gespürt hätte. Alle werden ordnungsgemäß betäubt. Aber nur für den unwahrscheinlichsten aller Fälle müssen wir das hier aufführen.

PETER: (zögernd) Was ist mit dem zehn bis zwanzig Angebot? Ich hab nichts davon hier gefunden.

HERR AMROD: Oh, wir machen das nicht mehr! Es gab zu viel Chaos. Dieses Angebot beinhaltete, dass man womöglich ganze zwanzig Jahre bleiben darf, wenn das Experiment nicht essentiell notwendig ist und kein Zeitdruck besteht. Aber leider erwarteten alle, dass dies die Norm sei. Die Menschen, die nach zehn Jahren abgeholt wurden, drehten völlig durch, vandalierten. Es war eine Katastrophe und es steht ja genau dem entgegen, wofür diese Einrichtung steht.

Peter starrt eine Weile unverwandt auf das Blatt. Dann unterschreibt er wortlos mit roter Tinte.

HERR AMROD: (lachend) Sehr gut! Dann können wir jetzt zum angenehmeren Teil übergehen. Ich werde Ihnen gleich die Basisfunktionen unseres Editorenprogramms vorstellen. Sie können alle Einstellungen während ihres Aufenthalts so oft ändern wie sie möchten. Fangen wir doch mit dem Wichtigsten an.

Eine Art Auswahlmenü erscheint auf dem Bildschirm.

HERR AMROD: Bevorzugen Sie einen polygamen oder monogamen Lebensstil? Keine Sorge, Sie müssen das nicht endgültig festlegen. Sie können jederzeit wechseln. Wir haben Mitarbeiter und Mitarbeiterinnen, die speziell dazu ausgebildet wurden, sich einzig und allein um einen einzigen Gast zu kümmern, wenn es sein muss für die gesamte Dauer des Aufenthalts, also in Ihrem Fall zehn Jahre. Sie können heiraten und ein glückliches Eheleben führen oder aber Sie entscheiden sich für die Polygamie und führen das Leben eines Playboys. Die Zahl sollte dabei für gewöhnlich keine Rolle spielen. Wollen Sie zwanzig Partnerinnen, im Wechsel oder alle auf einmal, es ist überhaupt kein Problem. In einer unserer Einrichtungen wollte jemand tatsächlich die Zahl hundert erklimmen, dafür mussten wir zwar einige Hebel in Bewegung setzen, aber es hat trotzdem funktioniert.

PETER: (leise) Mono … monogam.

HERR AMROD: Wie war das?

PETER: Monogam.

HERR AMROD: (lachend) Ja, ich denke auch das ist für den Anfang meist das Beste. Das erleichtert die Übergangszeit ungemein. Sie schwitzen ja richtig. Moment!

Er nimmt eine Fernbedienung aus einer Schublade und betätigt sie. Hinter ihm öffnet sich elektrisch ein kleines Kippfenster.

HERR AMROD: Bitte nehmen Sie sich so viel Zeit, wie Sie brauchen für die Auswahl. Ich werde Ihnen nur als kleinen Vorgeschmack einmal ein paar unserer Neuankömmlinge vorstellen. Ich habe bereits Ihre Angaben aus der Bewerbung in das Auswahlprogramm eingespeist. Diese Frauen fangen gerade erst bei uns an und müssten genau nach Ihrem Geschmack sein. Sie haben bislang noch für keinen anderen Gast gearbeitet.

Er zappt durch ein paar Bilder von hübschen jungen Frauen. Als ihm bewusst wird, dass Peter die Sache unangenehm ist, schaltet er zur Kategorie Wohnungen.

HERR AMROD: Auch die Wohnung können Sie sich natürlich nachher in Ruhe privat aussuchen. Werfen Sie nur einmal einen Blick auf diese wundervolle Villa mit Seeblick oder dieses Apartment neben der Autorennbahn. Sie können die Rennen vom Balkon aus verfolgen. Und das ist im Moment unser absolutes Juwel: eine romantische Hütte am Berghang, mit offener Feuerstelle im Wohnzimmer und eigener Badelandschaft im Keller.

PETER: Das nehm ich!

HERR AMROD: (überrascht) Sie sind ein Mann, der genau weiß, was er will. Das gefällt mir.

PETER: Ich habe mir schon immer so ein Haus gewünscht.

HERR AMROD: Na, wenn das so ist. Dann können wir Sie sofort hinbringen lassen und Sie wählen die anderen Aspekte des Editorprogramms bequem von Ihren eigenen vier Wänden aus.

PETER: Kann ich selbst hinfahren?

HERR AMROD: Natürlich! Sportwagen oder Geländewagen?

PETER: Cabrio!

HERR AMROD: So gefällt mir das! Da macht mein Job doch richtig Spaß. Ich lasse Ihnen sofort die Schlüssel holen. Und wenn Sie irgendwelche Fragen haben, rufen Sie nur jemanden vom Service-Team. Sie werden Ihnen jeden Wunsch erfüllen.

PETER: Danke. Ich danke Ihnen wirklich.

HERR AMROD: Willkommen in dem Luxus-Resort der Anlage Sieben Herr Kakotychía.

Sie schütteln sich die Hände und verlassen gemeinsam die Bühne. Laute Musik ertönt und auf dem Fernsehbildschirm sind nun wieder Aufnahmen von der Hotelanlage und von den lachenden und feiernden Insassen zu sehen. Der Vorhang schließt sich.

VIERTE SZENE

Als sich der Vorhang wieder öffnet, wird eine Gruppe von Insassen am Indoor-Pool von zwei internen Reportern interviewt. Die Insassen berichten übereinstimmend positiv von ihrem Aufenthalt. Ein haariger, übergewichtiger Mann mit Brille verteidigt vor der Kamera seine Entscheidung.

WOLFRAM: Es war die beste Entscheidung, die ich je getroffen habe. Jeder Mensch muss sterben, aber die meisten mühen sich achtzig Jahre lang ab, arbeiten und leiden, nur damit sie vielleicht fünf Minuten von dem haben können, was ich zehn Jahre lang genießen kann.

INTERVIEWER: Haben Sie Ihre Entscheidung nie bereut?

WOLFRAM: Nein.

Eine Gruppe junger, auffallend gutaussehender Mitarbeiter und Mitarbeiterinnen, wird interviewt, drei Frauen und ein Mann.

CANDY: Ja, es ist ein Traumjob. Wir dürfen hier wohnen. Wir erhalten alles, was wir wollen.

BRAD: Wirklich alles!

MANDY: (scherzend) Und wir werden am Ende nicht umgebracht.

CANDY: (energisch) *Schscht*!!!

INTERVIEWER: Viele Mitarbeiter wollen nach Ende ihres Arbeitsvertrages hierbleiben. Manche tragen sich ebenfalls als Kunden ein.

CANDY: Ja, es ist schwierig, in die Außenwelt zurückzukehren. Viele Männer und Frauen, die hier gearbeitet haben, müssen mit Anfeindungen rechnen. Ich kenne eine, der wurden die Scheiben eingeworfen. Leute haben *Mörderin* auf ihre Hauswand gesprayt. Aber das ist natürlich völlig falsch. Wir töten schließlich niemanden. Im Gegenteil, wir machen den Betroffenen ihre Zeit so schön wie möglich. Und diese Menschen haben sich alle freiwillig dafür entschieden.

Der haarige Mann wird wieder interviewt.

INTERVIEWER: Wie viele Jahre haben Sie noch?

WOLFRAM: Noch acht Jahre. Und ich weiß jetzt schon, dass es die schönsten acht Jahre meines Lebens sein werden.

FÜNFTE SZENE

Der Vorhang schließt und öffnet sich wieder. Die Interviewer und Interviewten sind verschwunden. Stattdessen hat sich nun eine bunt zusammengewürfelte Gruppe von Insassen am Indoor-Pool niedergelassen. Sie haben Teller mit feinen Speisen, Zigarren und Alkohol bei sich. Peter betritt den Raum mit einem Tennisschläger in der Hand. Ein kleiner, dicker Mann mit einer hübschen jungen Frau an seiner Seite winkt ihn her.

GERHARD: Peter! Los spring rein!

PETER: Ich habe keine Badesachen an.

GERHARD: Das interessiert hier keinen.

MANDY: Los spring, rein Peter!

Er überlegt kurz, dann legt er seinen Schläger beiseite und springt in das Wasser. Die Badegäste lachen und applaudieren. Eine ältere Frau mit einem viel jüngeren Mann reicht ihm ein paar Zigarren.

KORDULA: Rauchen Sie Peter! Dann können Sie besser die Luft anhalten.

Alle lachen. Ihr Partner will sich ebenfalls eine Zigarre nehmen, ab sie schlägt seine Hand weg.

KORDULA: Wer hat dir gesagt, dass du meinen Rücken vernachlässigen darfst. Na los, massier mich!

Wieder lachen alle, Insassen und Angestellte gleichermaßen.
An einer Wand befindet sich eine Art Rezeption mit zwei Mitarbeitern. Eine junge Frau mit zerzausten schwarzen Haaren und einer Missbildung in ihrem Gesicht stupst eine davon an.

CANDY: Hallo Heather. Was können wir für Sie tun?

HEATHER: Ich wollte fragen, ob meine Eltern vielleicht eine Nachricht hinterlassen haben?

CANDY: Heather. Wir haben es Ihnen doch schon einmal gesagt. Alle persönlichen Nachrichten gehen direkt an Ihren Haushalt. Auch alle Briefe oder Pakete werden bis vor Ihre Haustür geliefert. Sie müssen nicht jedes Mal hier bei uns nachfragen.

HEATHER: Aber ist etwas da?

CANDY: Nein. Wenn bei Ihnen Zuhause kein Brief angekommen ist, dann gibt es wohl auch keinen.

HEATHER: Danke.

CANDY: Heather. Wenn Sie Briefe wollen ... Wir haben Mitarbeiter, die speziell für Brieffreundschaften ausgebildet wurden...

HEATHER: Nein, nein. Vielen Dank. Es geht mir gut.

Sie läuft niedergeschlagen am Pool vorbei in Richtung Ausgang.

GERHARD: Oh, schaut euch das mal an! (Er deutet auf sie.) Also warum die hier ist, ist ja nicht weiter verwunderlich, was?

FRED: Sag mal schielt die?

GERHARD: Ist ihr eines Auge zugeschwollen oder nur an der falschen Stelle? Sie sieht ja furchtbar aus! Dass die dort draußen keinen Mann abbekommen hat, wundert ja wohl keinen.

FRED: Du siehst auch nicht besser aus Gerhard!

GERHARD: Trotzdem! Ich bin doch nicht hierhergezogen, dass ich mir sowas anschauen muss! Die sieht ja aus wie das Elend vom Land.

KORDULA: Das ist eine Zumutung, so eine Vogelscheuche sehen zu müssen. Wir haben hier einen hervorragenden Schönheitschirurgen. Da soll sie gefälligst mal hingehen. Ich rufe einen Mitarbeiter!

FRED: (genervt) Ich pack das nicht.

Fred steht auf und geht.

KORDULA: Ich möchte, dass diese Person hier nicht mehr durchläuft, es sei denn sie lässt etwas an ihrem Gesicht ändern.

CANDY: Das geht leider nicht Madam.

KORDULA: Ich dachte, ich bekomme hier alles, was ich will?

CANDY: Es tut mir leid, aber wir können den anderen Gästen nicht den Zutritt zu diesem Bereich verwehren und wir können ihnen auch nicht aufzwingen, sich operieren zu lassen.

KORDULA: Was ist denn schon dabei? Ich hab mich schon siebenmal unters Messer gelegt.

CANDY: Ich fürchte, das muss sie selbst entscheiden, Madam.

KORDULA: Wie Sie meinen. Ich werde es in meinem nächsten Beschwerdebrief erwähnen. Und ich werde es auf meinem Profil veröffentlichen.

GERHARD: Und ich werde es liken!

CANDY: Wie Sie wünschen.

Candy entfernt sich. Peter geht Heather ein paar Schritte nach.

PETER: Hast du sie etwa gehört?

HEATHER: Ja.

PETER: Nimm dir das nicht zu Herzen.

HEATHER: Ich bin's gewohnt.

Sie verschwindet wieder.

GERHARD: Der Anblick hat mir den ganzen Tag verdorben!

KORDULA: Ach Gerhard! Sei doch nicht so ein Brummbär! Feier doch mit uns!

Sie leert Alkohol über ihn und Mandy und alle anderen fangen wieder an zu lachen. Alle bis auf Peter. Er geht zu dem schweigsamen Fred, der eben wieder hereingekommen war.

FRED: Kordulas berühmter Beschwerdeblog. Man kann es den Leuten hier wohl nie recht machen.

PETER: Ich hab mich bei dem Social Media Portal hier noch gar nicht angemeldet. Ich hab nur mal reingeschaut. Taugt es was?

FRED: (verdreht die Augen) Die Leute, die du siehst, sind von 1000 Sachen abhängig. Hier bekommen sie alles hinterhergeschmissen und dann denken sie auch noch, dass sie damit angeben könnten.

PETER: Naja. Der Kerl dahinten im Pool mit der Sonnenbrille, der Zigarre und den vielen Frauen … Für seine Macho Sprüche bekommt er online fast jeden Tag um die 50 000 Likes und er hat schon 20 000 Follower.

FRED: Du weißt schon, dass das nicht echt ist, oder? Das ist alles fake. Auf den Webseiten, auf die wir Zugriff haben, stammen alle Kommentare und Likes von firmainternen Bots. Die

Leute sollen sich schließlich wohlfühlen. Kritische Kommentare und Dislikes wären dem eher abträglich oder?

PETER: Wirklich? Aber spätestens wenn sie Besuch von ihren Verwandten bekommen, können die ihnen doch sagen, dass niemand von der Außenwelt ihre Beiträge sehen kann, nicht mal sie.

FRED: Denkst du, die Leute hier interessieren sich für die Wahrheit? Die wollen einfach nur das Gefühl haben, berühmt zu sein. Alles in diesem Laden ist fake. Alle Insassen haben sich bewusst für die Lüge entschieden, weil sie ihnen bequemer ist als die Wahrheit.

PETER: Na gut. Dann melde ich mich eben nicht an. Ich war sowieso noch nie ein großer Fan der sozialen Medien. Ich kann es hier auch ganz gut ohne aushalten.

FRED: Glückwunsch. Dann hast du diese eine Abhängigkeit nicht. Bleiben also nur noch 999 andere.

SECHSTE SZENE

Heather betritt ihr Zimmer. Sie geht auf ein großes Bücherregal zu, greift nach einem Buch, klappt es auf und beginnt darin zu schreiben.

HEATHER: Dann schreiben wir mal weiter. Die Hyänen am Wasserloch. Einst lagen die Hyänen bei einem Wasserloch auf ihrer faulen Haut. Es war sengend heiß in der Savanne. Die Antilopen kamen ebenfalls an das Wasser um zu trinken. Sie bildeten eine schützende Linie, um ihre Jungtiere dahinter zu verbergen. Aber es waren weit und breit keine

Raubtiere zu sehen, nur die Hyänen, die sich schier kaputt lachten, weil sie dachten, die Antilopen würden ihretwegen in Deckung gehen. Da fühlten sie sich wie große Löwen.

Es klopft an der Tür.

HEATHER: Ja?

Ein Mann tritt herein.

CLIFF: Hallo. Ich bin es.

HEAHTER: (strahlend) Hi. Du kommst genau richtig.

CLIFF: Ach ja?

HEATHER: Ja. Erinnerst du dich noch, als ich gesagt habe, ich schreibe eine Geschichte über dich? Sie ist fertig.

CLIFF: Und wo hast du sie?

HEATHER: Hier drüben. Warte. (Sie stellt das Buch, an dem sie gerade geschrieben hat, in das Regal und nimmt ein anderes heraus.)

CLIFF: (liest den Titel) Der Showman.

HEATHER: Ja. Willst du es lesen?

CLIFF: Ich weiß nicht. Ich dachte, wir gehen vielleicht erst einmal essen oder so.

HEATHER: (überlegt) Wir machen das Ganze nochmal. Ich will, dass du rausgehst und nochmal anklopfst. Nachdem du reingekommen bist, fragst du mich: *Was machst du denn da?* Dann werde ich antworten: *Du kommst genau richtig. Erinnerst du dich noch, als ich gesagt habe, ich schreibe eine Geschichte über dich? Sie ist fertig.* Daraufhin wirst du ein staunendes Gesicht machen und rufen: *Ist das dein Ernst?!* Dann machst du einen Satz vorwärts und schließt mich in die Arme, ganz fest. Dann flüsterst du: *Das ist ja fantastisch. Ich kann es kaum erwarten, es zu lesen.* Nachdem wir uns aus der Umarmung gelöst haben, küsst du mich und sagst mir, dass du mich liebst. Bekommst du das hin?

CLIFF: Ich glaube, ich muss mir das aufschreiben.

HEATHER: Macht nichts. Hier hast du ein Stück Papier. Wir können es auch gerne ein paar mal proben. Wir haben jede Menge Zeit.

ZWEITER AUFZUG

ERSTE SZENE

Peter ist in seiner Wohnung. Vom Fenster aus hat er einen atemberaubenden Blick auf einen Berg. Er macht einen etwas aufgeregten Eindruck und zupft ständig an seinen Klamotten und an seiner Frisur herum. Endlich geht die Tür auf und eine junge Frau betritt den Raum.

PETER: Hallo.

TRACY: Hey.

PETER: Du bist Tracy oder?

TRACY: Ja. Und du bist Peter oder?

PETER: Natürlich.

Es herrscht einen Moment Stille.

TRACY: (genervt) Nun?

PETER: Was?

TRACY: Du wirkst irgendwie verunsichert.

PETER: Ich bin nur überrascht. Wie soll ich sagen … ? Du bist so komplett anders wie all die anderen Frauen, die ich bisher hier gesehen habe.

TRACY: Inwiefern anders?

PETER: Die schauspielern alle so. Jede einzelne von ihnen tut so, als wäre sie die glücklichste Frau der Welt, wenn sie mit irgendeinem alten Sack zusammen ist. Aber du wirkst ... naja ... überhaupt nicht glücklich.

TRACY: (seufzend) Hör mal! Ich hab Gastronomiemanagement studiert. Ich hab was anderes für mein Leben geplant gehabt als diesen Job. Aber jetzt bin ich nun mal hier. Also machen wir das Beste daraus.

PETER: Hast du Hunger?

TRACY: Oh, ja und wie!

PETER: Komm, ich hab uns was herbringen lassen.

TRACY: Das ist sehr freundlich.

PETER: Wir müssen das übrigens nicht machen.

TRACY: Was denn?

PETER: Naja ... eine monogame Beziehung führen. Wenn du diesen Job ursprünglich gar nicht machen wolltest, dann will ich das auf gar keinen Fall von dir verlangen.

TRACY: Also soll ich wieder gehen?

PETER: Nein. Nein. Hör mal! Ich weiß genau, wie es ist, wenn das Leben überhaupt nicht so verläuft, wie man sich das vorgestellt hat. Ich weiß genau, wie es ist, in einem furchtbaren Job gefangen zu sein. Aber man braucht eben am Ende des Monats einen Gehaltscheck.

TRACY: (laut lachend) Da hast du aber ins Schwarze getroffen. Dieser Job hier ist verdammt gut bezahlt.

PETER: Na also, genau das meine ich. Also wieso machen wir's nicht einfach folgendermaßen: Wir tun so, als würden wir eine feste Beziehung führen, aber jeder hat sein eigenes Leben. Du kannst hier ein- und ausgehen, schwimmen gehen, in den besten Restaurants essen und am Ende des Monats bekommst du deinen Gehaltscheck und musst absolut nichts weiter dafür tun.

Es folgt ein kurzes Schweigen. Tracy wirkt für einen Moment sprachlos.

TRACY: Das würdest du wirklich für mich tun?

PETER: (lachend) Na klar. Ich hab hier doch alles, was ich brauche. Für mich ist es überhaupt kein Problem.

TRACY: Das ist wirklich unglaublich lieb von dir. Ich weiß gar nicht, was ich sagen soll.

PETER: Pizza oder Rigatoni?

TRACY: (lachend) Rigatoni!

Sie hilft ihm, das Essen auszupacken und auf dem Tisch auszubreiten. Dann setzt sie sich auf den Stuhl direkt neben ihn.

TRACY: Du bist auch anders.

PETER: Wie meinst du das?

TRACY: Anders als all die anderen Gäste hier. Die meisten sind arrogante, kleine Egomanen, die sich für die Herrscher der Welt halten, nur weil sie hier eingecheckt haben.

PETER: Danke, dass du mich nicht für einen von denen hältst.

TRACY: Aber jetzt bin ich wirklich neugierig. Wie kommt es, dass ein netter, hübscher und kluger Mann wie du hier gelandet ist?

PETER: Ich hatte Pech. Ich hatte mein ganzes Leben lang Pech. Ich hab es da draußen nicht mehr ausgehalten.

TRACY: Das kann ich verstehen. Die Welt ist hart da draußen.

PETER: Ja.

TRACY: Ich weiß gar nicht, ob ich nach Ende meines Arbeitsvertrags überhaupt zurückkehren kann. Viele Menschen sind gegen diese Einrichtungen. Fast jeden Tag findet irgendwo eine große Demonstration statt. Ehemalige Mitarbeiter laufen da draußen mit einer Zielscheibe auf der Stirn herum.

PETER: Dann bleib eben hier. Wie lange geht denn dein Arbeitsvertrag?

TRACY: Fünf Jahre.

PETER: Na also. Ich bin hier für zehn Jahre. Du kannst meinetwegen, solange ich hier bin, als meine Scheinfreundin arbeiten. Du kannst leben, wie auch immer du möchtest, und musst keinerlei Verpflichtungen erfüllen.

TRACY: Das ist wirklich süß von dir.

PETER: Das ist doch nicht der Rede wert.

TRACY: Aber was ist mit deinem Leben? Hast du dir in deinem Lebensplan nicht eine monogame Beziehung gewünscht?

PETER: (seufzend) Natürlich. Aber niemand soll gegen seinen Willen mit mir zusammen sein. Abgesehen davon … kann ich ja …

TRACY: Was?

PETER: Ich kann die Einstellungen im Editor von monogam auf polygam ändern. Dann kannst du den Job behalten und ich kann einfach mein Glück bei der nächsten Angestellten versuchen.

TRACY: (nachdenklich) Hmm. Ja … natürlich. Das könntest du machen.

PETER: Ja.

TRACY: Aber bitte tu es nicht.

Peter sieht überrascht auf. Es herrscht einen Moment Stille.

PETER: Was soll ich nicht tun?

TRACY: Hol bitte keine andere Frau her. Du verdienst was Besseres.

ZWEITE SZENE

Romantische Musik erklingt. Der Vorhang schließt und öffnet sich wieder. Peter und Tracy tanzen eng umschlungen miteinander. Der Vorhang schließt und öffnet sich wieder, während die Musik unentwegt weitergeht. Nun fahren Peter und Tracy mit einem Tandem-Fahrrad über die Bühne. Tracy lacht. Der Vorhang schließt und öffnet sich wieder. Nun sitzt Tracy am Tisch und bläst die Kerzen auf einer Geburtstagstorte aus. Beide lachen. Dann küssen sie sich. Der Vorhang schließt sich erneut. Als er sich wieder öffnet, steht Peter in einem Anzug auf dem Balkon und schaut in die Ferne. Von der Seite nähert sich Tracy, nun in einem wunderschönen blauen Abendkleid.

TRACY: Hier deine Medizin. Schnell!

PETER: Warum die Eile?

TRACY: Sie sind gleich hier!

PETER: Du klingst ziemlich sicher.

TRACY: Ich hab den Wagen unten in der Einfahrt gehört.

PETER: Das war bestimmt nur wieder der alte Wolfram mit seinem blöden Geländewagen. Der verirrt sich doch ständig auf unser Grundstück.

TRACY: Blödmann! Das sind deine Eltern! Schau mal, sie stehen an der Klingel.

PETER: (lacht) Warte einen Moment! Bleib hier!

TRACY: (ebenfalls lachend) Willst du sie etwa unten stehen lassen?

PETER: So hab ich mir das immer vorgestellt.

TRACY: Was?

PETER: Meinen dreiunddreißigsten Geburtstag. Ich hab mir immer vorgestellt, ich wäre in einem wunderschönen Haus, mit genügend Geld und einer wunderschönen Frau in meinem Arm. Vor einem halben Jahr hatte ich nichts von alledem. Ich war ein Versager. Ich hatte kein Haus, kein Geld, keine Frau, sogar meine alten Freunde sind mir alle davongelaufen. Ich hatte nichts mehr. Weißt du, was ich damals gedacht habe?

TRACY: Was denn?

PETER: Ich hab mein Leben verpfuscht. Also hab ich darüber nachgedacht, mein Leben zu beenden. Stattdessen hab ich mich hierfür entschieden. Und nun bin ich glücklicher als jemals zuvor in meinem Leben. (Er küsst sie.) Das ist der schönste Geburtstag, den ich je hatte.

TRACY: Ich liebe dich.

Sie küssen sich. Es klingelt erneut und die beiden lösen sich voneinander. Tracy öffnet die Tür. Ein kleiner, alter Mann mit weißen Haaren stürmt herein und lacht.

GREGOR: Hey! Hey! Das muss meine wunderschöne Schwiegerenkeltochter sein!

Er schließt sie sofort in den Arm und hebt sie hoch, woraufhin sie laut zu lachen anfängt.

TRACY: So weit ist es noch nicht. Geheiratet haben wir noch nicht.

GREGOR: Das kommt noch! Das kommt noch! Hey! Hey! Wenn das nicht mein Enkelsohn ist! Du liebe Zeit, ist das ein großes Haus! Wo um alles in der Welt hast du denn das viele Geld her?

PETER: Och, ich bin in den Aktienhandel eingestiegen. Du weißt schon … Investitionen.

GREGOR: Du verfluchter, kleiner Glückspilz. Ich sag dir, er hat schon als kleiner Junge mit dem Geld jongliert. Ich hab ihm fünf Pfennig gegeben und er kam mit fünfzig zurück.

Peters Eltern betreten die Wohnung. Sie wirken ein wenig angespannt, aber auch sie schließen ihren Sohn in die Arme.

SAKI: Alles Gute zum Geburtstag mein Sohn.

ANNETTE: Alles Liebe und Gute für dich.

PETER: Danke. Mam', Paps', darf ich euch Tracy vorstellen?

ANNETTE: Tracy. Schön dich endlich kennenzulernen. Peter hat uns von dir erzählt.

GREGOR: Der junge Peter, der macht's richtig! Ich glaub, ich spinn! Ist das ein Billiardtisch?

PETER: Du solltest die Badelandschaft im Keller sehen, Großvater.

GREGOR: Und ich hab nichts weiter als ein schickes Taschenmesser für dich als Geschenk, aber das haben sie mir am Eingang abgenommen. Diese Bonzen-Viertel und ihre Sicherheitssysteme. Wenigstens den Kuchen haben sie uns gelassen.

PETER: Tracy, möchtest du vielleicht meinem Großvater kurz das Haus zeigen. Meine Eltern kennen es ja inzwischen von unseren Videokonferenzen.

TRACY: Na klar! Kommen Sie, Herr Kakotychía.

GREGOR: Gregor, mein Kind. Sag einfach Gregor zu mir.

Tracy und Gregor verlassen den Raum. Zwischen Eltern und Sohn herrscht einen Moment betretenes Schweigen.

PETER: Danke, dass ihr's ihm nicht gesagt habt.

ANNETTE: Das haben wir nicht übers Herz gebracht. Die meisten in der Verwandtschaft wissen es nicht.

PETER: Ihr werdet es ihnen irgendwann erzählen müssen. Ich werde noch zehn Jahre hier leben.

ANNETTE: Und wo hast du sie kennengelernt?

PETER: Sie arbeitet im Betrieb.

ANNETTE: Ahja. Das dachte ich mir.

PETER: Du dachtest dir was?

ANNETTE: Bitte, versteh mich nicht falsch. Wir wollen nur, dass du glücklich bist. Es ist nur, dieser ganze Luxus … es ist … (sie zögert) überwältigend.

PETER: (lächelnd) Ja, das ist es.

SAKI: Das hier ist für dich. Zum Glück haben sie uns das nicht auch am Empfang abgenommen.

PETER: (gerührt) Ist das dein altes Radio?

SAKI: Unser altes Radio. Erinnerst du dich noch? Du hast mir damals geholfen, es zu reparieren.

PETER: (blickt zu Boden) Das ist schon so lange her. Ich war noch ein Kind.

SAKI: Du weißt, dass du bei uns immer willkommen bist. Du hast bei uns immer ein Zuhause.

PETER: Ich hab euch doch schon gesagt, ich bin hier glücklich … wirklich glücklich.

SAKI: (atmet schwer) Hör zu Sohn. Du weißt, dass deine Mutter und ich dagegen waren, dass du dich für dieses Leben hier entschieden hast. Daran hat sich nichts geändert und daran wird sich auch niemals etwas ändern. Aber du solltest wissen, dass wir deine Entscheidung respektieren. Wenn du hier dein Glück gefunden hast, dann solltest du wissen, dass wir es dir von ganzem Herzen gönnen.

Sie umarmen sich. Der Vater schluchzt leise.

ANNETTE: Alles Gute zum Geburtstag.

SAKI: Alles Gute.

PETER: Danke. Ist ja gut. Mir geht es gut hier, Paps'. Ich bin so glücklich wie nie zuvor in meinem Leben.

Musik erklingt. Der Vorhang schließt sich erneut. Als er sich wieder öffnet, sitzt die ganze Familie beisammen am Tisch, isst, scherzt und lacht gemeinsam. Sie stoßen an. Dann schließt sich der Vorhang. Nach einer Weile öffnet er sich. Peter und Tracy stehen gemeinsam am Balkon. Die Besucher sind gegangen.

TRACY: Und? War es so, wie du es dir immer gewünscht hast?

PETER: Ich weiß nicht. Kennst du das Gefühl, wenn eine Sache zu perfekt ist, um wahr zu sein? Es fühlt sich irgendwie so surreal an.

TRACY: Ja. Ich weiß, was du meinst.

PETER: Wir essen jeden Tag das beste Essen. Wir verbringen jeden Tag mit den schönsten Aktivitäten. Aber wir haben keinerlei Sorgen und keinerlei Arbeit. Irgendetwas fehlt dadurch. Ich habe das Gefühl, dass wir ständig die Dosis erhöhen müssen, damit wir zufrieden bleiben.

TRACY: (lacht) Die Dosis erhöhen?

PETER: Du weißt schon. Am Anfang war ein Ausflug zum Badesee noch etwas Besonderes für uns. Jetzt ist uns nur noch das Strandhotel gut genug. Am Anfang war der unbegrenzte Streaming-Service etwas Besonderes. Inzwischen sind nur noch die neusten Filme im 4D Kino eine Besonderheit. Am Anfang fanden wir die Massagestühle ganz hervorragend. Jetzt verbringen wir jeden Morgen mindestens drei Stunden in der Wellness Anlage und lassen uns professionell massieren, bevor wir überhaupt einen Fuß vor die Tür setzen. Und die Partys, die wir besuchen, werden auch immer wilder. Es ist irgendwie ... nicht erfüllend. Egal, wie viel Luxus wir anhäufen, wir sind niemals wirklich zufrieden. Es muss immer noch mehr werden.

TRACY: Weil wir Menschen sind.

PETER: Ich weiß nicht. Vielleicht übersehen wir auch irgendetwas Wesentliches am Menschsein.

TRACY: Ich liebe dich.

PETER: (lächelnd) Ich liebe dich auch. Du bist das einzige hier, an dem ich absolut nichts ändern möchte. Weißt du was? Wenn du von deinem Urlaub zurück bist, dann lass uns ein paar Wochen wieder so leben wie am Anfang und alles auf ein normal verträgliches Maß herunterschrauben. Wir holen uns wieder normales Essen und gehen ein paar normalen Hobbys nach. Und wir verbringen ein paar Abende einfach vor dem Fernseher.

TRACY: (lacht) Du bist so schräg.

PETER: (lachend) Bin ich das?

TRACY: Ja. Und weißt du was?

PETER: Was?

TRACY: Ich wünschte, wir könnten gemeinsam von hier weggehen.

DRITTE SZENE

Am Indoor-Pool hat sich wieder die übliche Truppe aus Insassen versammelt. Wie immer gehen sie verschwenderisch mit ihrem Luxus um und gießen teuren Alkohol ins Wasser. Gerhard ist inzwischen gleich von drei jungen Frauen umringt, während Kordula immer noch bei ihrem jungen Masseur verblieben ist. Der noch recht jugendhaft wirkende Torben steht mit einem Baseballschläger im Wasser.

TORBEN: Wirf her! Wirf her! Wirf jetzt her du Lusche!

GERHARD: (lachend) Hier!

Er wirft ein Handy nach Torben. Dieser holt weit mit dem Schläger aus und trifft es mit voller Kraft in der Luft. Es zerschellt krachend in hunderte Teile.

TORBEN: WUUUUUUUH!!! ICH BIN DER KING VON DER GANZEN ANLAGE HIER!!! WUUH!!!

KORDULA: (die Massage genießend) Geht das nicht ein bisschen leiser?

TORBEN: Hey Alte! Ich bin der King! Ich hab das Spiel erfunden. Ich hab Handy-Baseball erfunden! Was hast du erfunden Alte?! Hah! Ich bin der King, Digga!

GERHARD: Achtung!

Er wirft noch ein Handy und Torben trifft es. Es zerschellt in tausend Teile.

TORBEN: WOOOAH!!!

Er kommt aus dem Wasser und wirft den Baseballschläger durch den Raum. Das Klirren von Glas ertönt.

TORBEN: WOOOOOOOAH!!! ICH BIN DER KING, DIGGA!!! Los! Verneigt euch! Verneigt euch ihr Luschen!!!

GERHARD: Ich hab 'ne bessere Idee. Wir wär's mit Fernseh-Dart? Wir werfen Pfeile auf unsere Flachbildfernsehere und jedes Mal wenn einer kaputt geht, müssen ihn uns diese Trottel ersetzen.

TORBEN: DIGGA! DAS IST DIE IDEE!!! Ey ich hol meinen Fernseh'r, Digga! Das wird so geil ey! WOOOOAH!

Er läuft gröhlend davon.

FRED: Und was soll das bringen?

GERHARD (lachend) Spaß machen! Wer macht noch mit?

Einige heben die Hände, darunter auch Kordula, die immer noch massiert wird.

KORDULA: Brad! Du kannst jetzt damit aufhören. Meinen alten Rücken bekommst selbst du nicht mehr gerade.

BRAD: Natürlich Schatz.

KORDULA: Warum holst du mir und meinen Freunden nicht ein bisschen Kaviar vom Buffet?

BRAD: Kommt sofort Schatz.

Brad entfernt sich.

GERHARD: Ich sag's dir immer wieder Kordula. Der Kerl ist ein Einfaltspinsel. Such dir lieber mal 'nen andern!

KORDULA: Du hast doch keine Ahnung. Brad ist sehr einfühlsam und intelligent.

BRAD: (Laut vom Buffet rufend) Schatz! Sowas hier?

KORDULA: Nein, Darling, das ist die Marmelade. Der Kaviar ist bei der Fischplatte nicht bei den Desserts.

Peter tritt auf mit einer Hawaiiweste und macht einen völlig entspannten Eindruck.

GERHARD: Peter! Dich hab ich seit Wochen nicht mehr gesehen. Ich hab schon befürchtet, dass du dein Liebesnest in den Bergen gar nicht mehr verlässt.

PETER: Ich bin nur für ein paar Tage hier. Tracy besucht ihre Eltern außerhalb der Anlage.

GERHARD: Warum bringt sie sie nicht hierher?

PETER: Das wollen sie nicht.

FRED: (missmutig) Ich kann mir kaum vorstellen, warum.

KORDULA: Sie sollten wirklich heute Abend mit uns mitkommen Peter. In Flügel Elf hat ein neues Kasino aufgemacht. Wir werden mit den allerhöchsten Einsätzen spielen.

PETER: Äh … also ich …

FRED: Wieso zum Geier soll man um Geld spielen, wenn Geld hier drin überhaupt keine Bedeutung hat?

Die zerzauste Heather läuft mit dem gutaussehenden Cliff durch den Raum. An der Rezeption wartet bereits Candy.

CANDY: Hallo Heather. Nein, es gab wieder keine Nachrichten von Ihren Eltern.

HEATHER: Deswegen bin ich gar nicht hier.

CANDY: Oh! Entschuldigung.

HEATHER: Ich wollte einen Helikopterflug mit Cliff mieten. Ich hab gehört, dass das möglich ist.

CANDY: (lächelnd) Natürlich. Ich werde Ihre Anfrage direkt an unseren Piloten weiterleiten.

Cliff macht ein angewidertes Gesicht, während sie ihm den Rücken zudreht. Als sie sich strahlend zu ihm umdreht, ändert er sofort seine Miene und lächelt gestellt.

HEATHER: Hast du das gehört? Das wird bestimmt wunderschön da oben.

CLIFF: Ja, ganz bestimmt. Hast du auch wieder Text für mich?

HEATHER: (ein bisschen niedergeschlagen) Nein. Ich dachte eher an eine ruhige und romantische Szene.

CLIFF: Gut, dann muss ich mir nicht so viel merken.

Heather wirft einen nervösen Blick zu den Poolgästen.

HEATHER: Du sagst es ihnen doch nicht etwa oder?

CLIFF: Was?

HEATHER: Dass ich unser Zusammenleben scripte … dass ich dich Text auswendig lernen lasse.

Er blickt einen Moment in ihr verängstigtes Gesicht. Er seufzt.

CLIFF: Natürlich nicht.

Er küsst sie kurz und läuft dann in Richtung Tür davon. Sie wirkt erleichtert, aber auch niedergeschlagen und folgt ihm. Peter macht einen Schritt in ihre Richtung.

PETER: Heather! Willst du nicht dazukommen?

Sie wirft einen kurzen Blick auf die unfreundlichen Gestalten im Poolbereich und schüttelt dann den Kopf.

HEATHER: Tut mir leid, ich bin mit Cliff unterwegs.

PETER: Kein Problem. Bis dann.

Sie verlässt den Raum und läuft Cliff hinterher.

FRED: Freundest du dich etwa mit unserem hässlichen Entlein an?

PETER: Du nicht auch noch. Ist es nicht schlimm genug, dass die anderen hier so auf ihr rumhacken?!

FRED: Ich mach nur Scherze. Die anderen meinen es ernst.

GERHARD: (plötzlich hellwach) Hey! Schaut mal! Dieser Typ da! Kennt ihr den?

FRED: Der Typ, der so engumschlungen mit seiner Freundin herumläuft?

GERHARD: Ja genau. Wisst ihr, wer das ist?

FRED: Irgendein Idiot. Die beiden tun immer schrecklich verliebt.

GERHARD: Das ist Jonathan Rehmer. Der Kerl hat eine zehnzwanzig Regelung.

PETER: (entsetzt) Was?

FRED: Ich dachte, die wurden verboten!

GERHARD: Sie stellen keine neuen mehr aus. Aber er ist einer der letzten, die noch leben, und damals eine gemacht haben.

FRED: Wie lange ist er schon drüber?

GERHARD: Zwei Jahre.

PETER: Der arme Kerl.

FRED: Wieso? Ist selber schuld.

VIERTE SZENE

Die Bühne ist nun das Zimmer von Jonathan Rehmer. Er liegt in seinem Bett und schläft, neben sich seine Partnerin. Plötzlich klopft es an der Tür. Bevor Jonathan aufgestanden ist, öffnet sie sich und ein Spalt Licht scheint in den Raum.

WACHMANN: Herr Rehmer. Es tut mir leid, dass wir Sie so spät aufsuchen. Es hat eine Entwicklung gegeben und wir möchten Sie bitten, die neue Situation mit dem Direktor zu besprechen.

JONATHAN: Neue Situation. Was heißt das? Worum geht es?

WACHMANN: Herr Amrod wird ihnen alles erzählen, wenn Sie in seinem Büro sind. Kommen Sie mit uns?

Er bleibt wie angewurzelt stehen. Seine Freundin hinter ihm wacht auf.

BETTY: Was ist denn?

JONATHAN: Nein. Nein, bitte nicht. Bitte nicht. Ich hab noch acht Jahre. Ich hab noch acht Jahre.

WACHMANN: Sie wissen, dass das nicht stimmt, Herr Rehmer. Aber wieso gehen Sie denn gleich von dem schlimmsten Szenario aus? Reden Sie doch erstmal mit dem Direktor. Er wird Ihnen alles Nähere erklären.

JONATHAN: Nein. Nein. Sie wollen mich mitnehmen. Ich bleib hier. Ich fühl mich heute nicht so gut. Ich werd morgen zu ihm gehen.

WACHMANN: Wenn Sie sich nicht wohl fühlen, sollten sie vielleicht beim Arzt vorbeischauen. Er hat heute Nachtschicht. Wir können Sie direkt zu ihm bringen.

JONATHAN: Nein. Er hat heute keine Nachtschicht. Und der Direktor ist heute auch nicht in seinem Büro. Ich hab ihn gehen sehen.

WACHMANN: Herr Rehmer, Sie machen es uns nur unnötig schwer. Bitte kommen Sie mit. Der Direktor wird sich alle Ihre Sorgen anhören und gemeinsam finden wir dann sicher einen Weg.

JONATHAN: Nein. Ich bleibe hier.

BETTY: Was ist los?

JONATHAN: Sie wollen mich mitnehmen.

WACHMANN: Sie lassen uns keine andere Wahl.

JONATHAN: Nein. Nicht

Er reißt die Schublade auf und holt einen Baseballschläger hervor. Er schlägt damit um sich, aber sie können ihn überwältigen. Er wehrt sich verzweifelt, aber sie halten ihn fest umklammert. Er fängt an zu brüllen.

JONATHAN: NEIN! Ich hab noch acht Jahre! Ich hab noch acht Jahre! Nein!

Er wendet sich an seine Partnerin.

JONATHAN: Hilf mir Betty! Nimm den Schläger! Tu was! Sie werden mich umbringen!

Sie weicht seinem Blick aus, zieht sich eine Jacke an und geht auf die Wachmänner zu.

BETTY: Darf ich gehen?

WACHMANN: Natürlich. Es tut mir leid, dass Sie das mitansehen mussten.

JONATHAN: Nein! Du Lügnerin! Du verdammte Lügnerin! MÖRDERIN! MÖRDERIN!!!

Sie zerren ihn nach draußen und die Tür fällt ins Schloss.

FÜNFTE SZENE

Der Eingangsbereich der Anlage ist gut beleuchtet. Links gelangt man über eine Treppe ins Büro des Direktors. Geradeaus befindet sich das gut gesicherte Haupttor. Viele Insassen haben den Radau mitbekommen. Eine Gruppe Mitarbeiter steht im Gang beisammen und unterhält sich über den Vorfall.

CANDY: Das war ja ganz furchtbar.

MANDY: Er hat geschrien wie am Spieß.

CANDY: Die arme Betty. Sie ist total traumatisiert.

BRAD: Oh nein. Geht's Betty nicht gut?

Eine ältere Mitarbeiterin trinkt einen Schnaps.

BRIGITTE: Reißt euch zusammen Kinder! Das gehört eben zu unserem Job dazu.

CANDY: Ich will mit sowas nichts zu tun haben. (Sie beginnt zu weinen.) Ich will nicht, dass irgendjemand sterben muss.

BRAD: Ist wer gestorben?

WACHMANN: Ich hoffe, euch geht es allen gut. Sie haben ihn heute Morgen weggebracht.

CANDY: Das ist so furchtbar.

BRIGITTE: Jetzt reiß dich gefälligst zusammen! Wir haben nichts damit zu tun! Die wussten alle ganz genau, worauf sie sich eingelassen haben. Wir machen nur unseren Job.

BRAD: Worauf haben sie sich denn eingelassen?

Peter geht die Treppe nach oben und betritt das Büro des Direktors.

HERR AMROD: Herr Kakotychía. Schön Sie zu sehen. Das Leben hier bekommt Ihnen gut.

PETER: Hallo Herr Amrod. Was kann ich für Sie tun?

HERR AMROD: Kommen Sie. Setzen Sie sich. Setzen Sie sich. Wasser?

PETER: Nein, danke.

HERR AMROD: Natürlich nicht. Sie sind weit besseres gewohnt als Wasser. Ha!

Er schenkt sich selbst ein Glas ein.

HERR AMROD: Also. Ich habe Sie aus einem bestimmten Grund hierhergebeten. Es hat sich ergeben, dass in ca. einem Jahr ein sehr kostspieliges Experiment ansteht und überall händeringend nach einem Freiwilligen gesucht wird. Es ist nur so, dass jemand mit Blutgruppe AB+ gesucht wird und Sie sind zufällig einer von nur vier möglichen Kandidaten in all unseren Anlagen.

PETER: (geschockt springt er vom Stuhl) Was?! Momentmal! Es hieß zehn Jahre! Es sind gerademal ein paar Monate!

HERR AMROD: (beruhigend) Bitte beruhigen Sie sich. Sie sind völlig sicher. Ihr Vertrag ist absolut rechtsbindend. Niemand wird Ihnen etwas antun. Es ist lediglich ein Angebot, das ich Ihnen mache, ein Upgrade. Hören Sie zu! Falls Sie sich entschließen sollten, an dem Experiment teilzunehmen, könnten Sie ein Jahr lang auf einer Privatinsel verbringen, mit Jetskys, Jacht, Helikopterflügen… Sie können einladen und mitnehmen, wen sie wollen, Partys veranstalten, die Tierwelt erkunden …

PETER: Vielen Dank für das Angebot, aber nein. Wirklich nein! Ich bin hier völlig glücklich und zufrieden.

Es herrscht einen Moment Stille. Herr Amrod wirkt überhaupt nicht zufrieden mit Peters Reaktion. Dann setzt er wieder ein falsches Lächeln auf.

HERR AMROD: Natürlich. Natürlich. Völlig verständlich. Ich werde Ihre Entscheidung weiterleiten. Für den Fall, dass Sie es sich anders überlegen, schicke ich eine Kopie des Angebots an Ihre Berghütte.

Der Vorhang schließt sich.

DRITTER AUFZUG

ERSTE SZENE

Eine unruhige Geigenmusik begleitet die folgenden Szenen. Peter läuft von links nach rechts und die Wachleute drehen die Köpfe und sehen ihm nach. Der Vorhang öffnet sich und er erhält seine Medikamente an einem Schalter.

APOTHEKER: Nicht vergessen! Drei Tabletten täglich.

Er beäugt sie misstrauisch und läuft dann weiter. Der Vorhang schließt und öffnet sich wieder. Die Poolgäste baden in teurem Alkohol, den sie über sich schütten. Sie spielen Baseball mit Golduhren. Immer wenn eine Golduhr scheppernd auseinanderbricht, jubeln sie. Peter und Fred stehen nur teilnahmslos dabei. Der Vorhang schließt und öffnet sich.
Die Gesellschaft am Pool hat sich wieder beruhigt. Es sind ein paar Tage vergangen. Gerhard lässt sich von einer jungen Frau massieren und Kordula hat endlich ihren Liebhaber gewechselt.

KORDULA: Matt. Sei bitte so gut und bring mir meine Gesichtsmaske.

MATT: Was? Hier? Ist das nicht ein bisschen …?

KORDULA: Die Kosmetikgesichtsmaske, du alberner Bursche.

MATT: Oh. Kommt sofort Schatz.

KORDULA: Uh. Dieses Walfischfleisch schmeckt scheußlich. Ich werde sofort eine Beschwerde einreichen.

GERHARD: Warum isst du diesen Fraß überhaupt. Ich esse jeden Tag ein Gourmet-Stake.

KORDULA: Weil ich im Gegensatz zu dir eine kultivierte Dame bin.

GERHARD: NEIN! Nicht die schon wieder!

KORDULA: Wer?

GERHARD: Die hässliche Heather. Boah. Und sie läuft immer noch mit demselben Typ rum. Das ist sowas von erbärmlich.

FRED: Wieso?

GERHARD: Weil sie im echten Leben bei so jemandem keine Chance hätte.

FRED: Sag mal, hast du eigentlich schon mal in den Spiegel geschaut?

GERHARD: Fred! Warum sehe ich dich eigentlich nie mit einem Mädchen hier? Die Auswahl ist doch riesengroß.

FRED: (missmutig) Ich trau keiner einzigen von diesen Schauspielerinnen. Kennt ihr Joe, den dicken Kerl, der immer gelacht hat? Überall ist er mit seinem Call-Girl hingelaufen. Überall hat sie so getan, als wäre sie über beide Ohren verliebt. An dem Tag, an dem ihr Arbeitsvertrag auslief, hat er sie angebettelt zu bleiben und sie hat ihm einfach ins Gesicht gesagt, dass sie ihn abstoßend findet und jede Minute mit ihm verabscheut hat. Das hat ihm das Herz gebrochen. Zwei Wochen später hat er sich umgebracht.

PETER: (geschockt) Umgebracht?

GERHARD: Umgebracht? Warum denn das? Das ist doch das Dümmste, was man tun kann. Wir sterben hier alle am Ende doch sowieso.

FRED: Oh, denk ja nicht, das wär eine Seltenheit. Es gibt viele Suizide in dieser Anstalt, aber das wird alles schön unter den Teppich gekehrt. Nichts darf nach draußen dringen.

PETER: Woher weißt du das alles?

FRED: Das ist noch nicht alles. Haben sie euch schon mal von den Fällen erzählt, in denen ein Experiment abgesetzt wurde, weil es nicht mehr als notwendig befunden wurde. Was glaubt ihr, was mit den Kandidaten geschieht, die dafür vorgesehen wurden?

GERHARD: Sie werden natürlich freigelassen!

FRED: Nein. Was glaubst du eigentlich, was diese Hotelanlagen, all das Essen und der Luxus kosten? Die Anstalt bekommt am Ende immer ihr Geld zurück. So oder so. Die Leute werden einfach trotzdem getötet, selbst wenn sie am Ende einfach nur als Zielscheibe für ein neues Sturmgewehr herhalten müssen. Wenn es gar kein Angebot gibt, werden sie eingeschläfert und ihre Organe, ihr Blut, ihre Stammzellen, Samenzellen, alles was Geld einbringen kann, wird verkauft. Sie werden regelrecht auseinander genommen.

GERHARD: Das ist doch lächerlich

Gerhard erhebt sich und macht Anstalten zu gehen. Seine Masseurin macht ein angewidertes Gesicht, als er gerade nicht hinschaut.

KORDULA: Nein, Matt! Das ist eine Badehaube, keine Gesichtsmaske. Ich hol sie mir selbst.

*Gerhard und Kordula verlassen den Raum. Nur Fred und Peter
bleiben zurück.*

PETER: Wie lange bist du schon hier?

FRED: Zu lange.

PETER: Du kommst hier genauso wenig wieder lebend heraus
wie ich. Also versuch's doch einfach mal mit einem der Mädchen. Sie sind auch nur Menschen, die hier ihren Job machen.
Es bringt doch nichts, wenn du nur aus verletztem Ehrgefühl
den Rest deines Lebens allein bleibst.

FRED: Ich hab für einen Moment wirklich gedacht, du wärst klü-
ger als diese ganzen Vollidioten. Möchtest du wirklich in einer lebensbedrohlichen Situation eine Spionin neben dir im
Bett haben?

PETER: Jetzt fantasierst du. Für was brauchen die denn Spione?
Die wissen doch sowieso schon alles über uns. Und sie haben
auch bereits unser Todesurteil auf einem rechtsgültigen Blatt
Papier. Also was sollen die schon noch von uns wollen?

FRED: Wer weiß? Vielleicht ja ein unschuldiges kleines Versuchskaninchen mit Blutgruppe AB+.

PETER: Woher weißt du das?

FRED: Wenn ihr nicht alle so beschäftigt wärt, euch zu amüsie-
ren, würdet ihr auch mitbekommen, was hier so hinter den
Kulissen abgeht. Der Direktor ist total scharf auf einen AB+

Kandidat. Er wird alle Hebel in Bewegung setzen, um einen zu bekommen. Da ist eine riesen Menge Geld drin.

PETER: Ich bin vertraglich geschützt.

FRED: Sicher, dass du jede Klausel des Vertrages gelesen hast?

Peter zögert. Er starrt Fred fassungslos an.

PETER: Es gab ein paar Klauseln, die ihnen das Recht geben, den ganzen Vertrag zu ändern.

FRED: Sehr gut. Zum Beispiel, wenn du gewalttätig wirst. Du bist Diabetiker oder?

PETER: Ja.

FRED: Dann pass bloß auf, was sie dir vielleicht als Medikament unterschieben. Ein kleiner Anfall deinerseits, der dich als geisteskrank klassifiziert, und schon haben sie ihren AB+ Kandidat.

PETER: Ich muss Tracy fragen. Vielleicht hat sie etwas von den anderen Mitarbeitern mitbekommen.

FRED: Wie kann man nur so dumm sein? Hast du eigentlich ein einziges Wort von dem gehört, was ich eben gesagt habe?

PETER: Tracy ist anders! Sie ist kein Teil von diesem System. Sie ist hier nur ausversehen reingerutscht.

FRED: Ausversehen reingerutscht. Das soll hier öfter passieren.

PETER: Sie hat nie versucht, mir einzureden, dass sie mich liebt! Sie hat gesagt, sie mag diesen Job überhaupt nicht und sie würde nur das Beste daraus machen. Und irgendwann hat sie plötzlich angefangen, mich anzulächeln, mich richtig anzustrahlen, mich ständig zu berühren, als wäre sie verliebt. Und sie hat gesagt, sie will mit mir zusammen von hier weggehen.

FRED: Eine tolle Masche. Richtig klassisch. Klappt immer. Das bekommen die Angestellten vermutlich schon in ihrer ersten Ausbildungswoche beigebracht.

PETER: Was beigebracht?

FRED: Das erste, was eine Prostituierte lernt, ist ihren Kunden vergessen zu lassen, dass sie eine Prostituierte ist.

FRED: Nenn sie nicht so! Und nein! Das zwischen uns war nicht gespielt. Das könnte sie niemals.

FRED: Dann frag sie!

PETER: Ich hab sie gefragt.

FRED: Was hast du gefragt?

PETER: Ich hab sie gefragt, ob sie mich liebt.

FRED: Und lass mich raten: sie hat ja gesagt.

PETER: Ja.

FRED: Kleiner Tipp. Frag sie nochmal. Und dieses Mal sagst du ihr, dass du die Beziehung beendest, weil du sie gegen eine andere eintauschen willst. Sag ihr einfach, euer Abkommen ist beendet. Du wirst dich wundern, wie sehr sie dann plötzlich aus dem Nähkästchen plaudert.

PETER: Du bist so ein Idiot.

FRED: Ich?

PETER: Ja! Du bist so eine gemeine, kleine Ratte! Denkst du etwa ich bin so dumm?

FRED: Ja?

PETER: Natürlich wird sie so reagieren, wenn ich mit ihr schlussmache! Welcher Mensch würde in dieser Situation nicht so reagieren?! Wenn ich ihr wehtue, wird sie versuchen, mir auch wehzutun! Das ist doch völlig normal!

FRED: (lacht matt) Du wirst den Unterschied schon merken.

PETER: Du bist wirklich ein widerlicher Mensch. Nur weil du keiner Frau mehr vertrauen kannst, versuchst du allen anderen hier ihre Beziehungen zu ruinieren. Aber das kannst du bei mir vergessen. Das klappt bei mir nicht. Ich vertraue ihr.

Peter steht entrüstet auf und geht.

FRED: Das wird der nächste sein, der sich aufhängt.

ZWEITE SZENE

Peter und Tracy liegen im Dunkeln eng umschlungen im Bett. Tracy scheint zu schlafen, aber Peters Augen sind noch offen.

PETER: Tracy.

Es folgt keine Antwort.

PETER: Tracy!

TRACY: Hmmm?

PETER: Ich muss dich etwas fragen. Ganz ehrlich.

TRACY: Mhm.

PETER: Komm schon Schlafmütze! Es ist wichtig.

TRACY: Mhm. Okay.

PETER: Liebst du mich eigentlich?

TRACY: (schaut ihn mit großen Augen lächelnd an) Ja.

PETER: Ich meine es ernst. Ganz neutral. Ganz rational. Liebst du mich oder hast du zumindest freundschaftliche Gefühle für mich entwickelt, irgendetwas?

TRACY: (lachend) Natürlich. Was stellst du für Fragen?

PETER: Bist du wirklich völlig ehrlich?

Sie küsst ihn.

TRACY: Immer. Ich liebe dich.

Sie küsst ihn erneut. Immer wieder. Er schiebt sie von sich weg.

PETER: Warte ... Warte! (wütend) Ich meine es ernst, ganz ohne Spielerei!

TRACY: Ich liebe dich.

PETER: (ungeduldig) Hör mal, du verstehst mich nicht! Hör zu! (Er packt sie an der Schulter). Du bist hier angestellt. Ich bin der Kunde. Ich fand unsere Zeit wirklich schön und du warst wirklich überzeugend, aber ich hab vor, mir nächsten Monat eine andere zu holen. Also möchte ich von dir wissen, ganz ehrlich, nur damit ich für die Zukunft Bescheid weiß, hattest du während all der Zeit irgendwelche Gefühle für mich? War irgendetwas anders als bei all den anderen Typen, mit denen du im Bett warst?

TRACY: (wütend) Sag mal spinnst du? Sag mal hast du sie eigentlich noch alle?! (Tränen steigen in ihre Augen) Wie kannst du mich nur so behandeln? Ich hab alles gemacht, damit du zufrieden bist! Warst du jemals prostituiert? Weißt du, wie das ist, anderen Leuten zur Verfügung stehen zu müssen? Dich die ganze Zeit verstellen zu müssen? Ich hab mir wirklich Mühe gegeben, also wieso machst du mich jetzt runter? Mich macht doch sowieso schon jeder runter! Meine Eltern! Meine Freunde! Jeder! Ich hab alles für diesen Job gegeben. Was hab ich denn falsch gemacht? (Sie versenkt das Gesicht in den Händen) Ich pack das nicht mehr.

PETER: (geschockt) Du liebst mich überhaupt nicht. Du magst mich nicht mal. Ich bin dir völlig egal. Ich bin nur ein Kunde. Es war alles gespielt … wirklich alles?

TRACY: (kreidebleich) Spinnst du?! Willst du, dass ich gefeuert werde?!

PETER: Das hört doch keiner.

Sie packt ihn an den Haaren und flüstert ihm ins Ohr.

TRACY: Hier sind überall Kameras und Mikrophone. Die überwachen jeden Raum.

Plötzlich küsst sie ihn wild und lautstark.

TRACY: Ich liebe dich. Ich liebe dich.

Er stößt sie völlig geschockt von sich weg.

PETER: Bleib weg von mir! Das ist … alles nicht echt. Das kann
nicht sein!

Er stolpert rückwärts, gewinnt Abstand zu ihr.

TRACY: Bitte bleib da, sonst schmeißen die mich raus!

PETER: Oh nein! Das kann nicht sein! Nein! Nein!

Er stürmt nach draußen.

TRACY: Verdammt! (Sie versenkt den Kopf in den Kissen). Ich
bekomm bestimmt so eine miserable Bewertung.

DRITTE SZENE:

*Heather steht mit Cliff im Eingangsbereich neben der Treppe. Sie
blickt traurig zu Boden.*

HEATHER: Wir fangen noch mal neu an. Ich frage dich nach
deinen schönsten Kindheitserinnerungen.

CLIFF: Das hast du doch gerade.

HEATHER: (traurig) Bitte. (Sie wartet bis er seufzt und nickt.) Also nochmal. Ich frage dich nach deinen schönsten Kindheitserinnerungen. Du antwortest mir, dass dein Großvater ein Wiesengrundstück hatte irgendwo draußen auf dem Land, wo es schön grün ist. Du bist jedes Wochenende mit deinen Eltern und deinen Geschwistern dorthin gefahren. Ihr habt ihm geholfen, die reifen Äpfel von den Obstbäumen zu pflücken. Ihr habt im Herbst auf der Wiese Verstecken gespielt und euch in den Heuballen vergraben. Und abends habt ihr ein kleines Lagerfeuer angezündet und Stockbrot gemacht.

CLIFF: Ich weiß nicht, ob ich mir das alles merken kann.

HEATHER: Versuch es.

CLIFF: Okay. Ich versuche es.

Das Büro des Direktors oberhalb der Treppe. Peter hämmert wütend gegen die Tür. Herr Amrod betätigt einen Knopf an seiner Fernbedienung und die Tür öffnet sich.

HERR AMROD: Herein!

Peter stürmt in den Raum.

HERR AMROD: Herr Kakotychía. Wie schön, Sie wiederzusehen. Kann ich daraus schließen, dass Sie sich unser Angebot noch einmal haben durch den Kopf gehen lassen?

PETER: Lassen Sich mich mit Ihrem verdammten Angebot in Frieden! Sie töten mich noch früh genug!

HERR AMROD: Aber! Aber! Was ist denn nur in Sie gefahren?!

PETER: Sagen Sie mir, wo sie ist!

HERR AMROD: Ich glaube, Sie sollten sich erst einmal beruhigen. Hinter dieser Tür ist ein kleines Badezimmer. Dort können Sie sich etwas erfrischen.

PETER: Sagen Sie mir sofort, was Sie mit Tracy gemacht haben!

HERR AMROD: Das wissen Sie doch. Sie wurde versetzt!

PETER: Ohne ein Abschiedswort?! Ich war monatelang mit ihr zusammen! Sie können sie nicht einfach in einer Nacht und Nebelaktion von hier fortbringen.

HERR AMROD: Mein lieber Herr Kakotychía, hören Sie doch nur mal, was Sie da reden. Sie wissen doch genau, dass es sich bei der Frau, die Sie als Tracy kennengelernt haben, um eine professionelle Angestellte gehandelt hat. Um Ihre Zufriedenheitsstufe so hoch wie möglich zu halten, haben wir Ihre Beziehung regelmäßig überprüft. Nachdem Ihre Zufriedenheitsstufe von einem Tag auf den anderen ins Bodenlose gesunken ist, haben wir beschlossen, sie auszuwechseln. Wir können nicht zulassen, dass unsere Kunden unglücklich sind. Das widerspricht unserer Unternehmensphilosophie.

PETER: Sie sind ein gefühlskaltes, empathieloses Schwein. Wie kann Ihnen nur das Leben all dieser Menschen hier so egal sein?

HERR AMROD: Egal? Meine ganze Arbeit dreht sich doch darum, es ihnen so angenehm wie möglich zu machen.

PETER: Sind Sie verheiratet? Haben Sie eine Frau?

HERR AMROD: Ja.

PETER: Nun ich auch! Ich hatte eine! Und Sie haben sie mir weggenommen.

HERR AMROD: Lieber Herr Kakotychía. Meine Ehefrau existiert in der wirklichen Welt. Ihre Frau hat nur in Ihrer Fantasie existiert. Wir haben dieser Fantasie mit einer Schauspielerin Leben eingehaucht. Aber am Ende bleibt Ihnen nichts anderes als Ihre Fantasie.

PETER: Sie sind ein Verbrecher.

HERR AMROD: Wissen Sie, was ich glaube. Ich glaube, dass Sie sich ein leichtes Nervenleiden zugezogen haben. Wir sollten Sie dringend von einem Arzt untersuchen lassen.

PETER: Nein! Mir geht es gut! Mich bekommen Sie nicht für Ihr verdammtes AB+ Experiment!

HERR AMROD: Herr Kakotychía. Es tut mir wirklich leid, dass ich so weit gehen muss, aber wenn sich Ihr Betragen nicht wieder normalisiert, dann kann ich Ihnen in Zukunft keinen Zutritt mehr zu meinem Büro gestatten. Sie haben völlig den Bezug zur Realität verloren.

Er steht auf und stolpert aus dem Büro.

HERR AMROD: Ich werde Ihren Privatarzt informieren, dass er Ihnen einen Besuch abstatten soll. Guten Abend.

VIERTE SZENE

Von diesem Tag an wird der Aufenthalt zum Albtraum. All der Luxus wird zur bloßen Farce. Peter denkt darüber nach, einen

Hilferuf nach draußen zu schicken. An seinem Laptop tippt er ei-
nen Text an seine Familie.

PETER: (tippend) Hallo, wie geht es euch allen?

Er drückt auf Bestätigen und die Nachricht wird sofort gesendet.
Er zögert, dann tippt er weiter.

PETER: (tippend) Ich brauche Hilfe.

Er wartet und wartet, aber die Nachricht wird nicht gesendet.
Nach dreißig Sekunden, tippt er schnell hinterher.

PETER: (tippend) Ich weiß nicht, ob ich heute mit dem Cabrio
oder dem Lamborgini zum Strand fahren soll. Badetag!

Es dauert erneut einige Sekunden. Dann werden alle drei Nach-
richten gleichzeitig gesendet. Er klappt den Laptop zusammen
und geht. Kurze Zeit später steht er mit Fred am Seeufer.

PETER: Die überwachen alles, was raus und rein kommt.

FRED: Ich weiß.

PETER: Jede Nachricht, die du verschicken oder posten willst,
wird erst von einem Mitarbeiter überprüft und genehmigt, bevor sie rausgeht.

FRED: Kleiner Tipp. Versuchs mit einem Code.

PETER: Ein Code?

FRED: Wenn du unbedingt eine Nachricht rausschmuggeln
willst, musst du mit deiner Familie einen geheimen Code ver-

abreden. Es dauert eine Weile, bis sie den knacken. Das eigentliche Problem ist, wo kann man noch ungestört reden? Ich vermute, dass sogar das Seeufer irgendwo verwanzt ist. Diese ganze Landschaft ist sowieso künstlich. Der Berg wurde aufgeschichtet, der See wurde aufgefüllt. Mich würd's nicht wundern, wenn der ein oder andere Baum aus Plastik ist.

PETER: Danke, dass du mir hilfst.

FRED: Ich helf dir nicht. Das sind Grundlagen. Die sollte eigentlich jeder kennen.

PETER: Trotzdem danke.

FRED: Torben ist übrigens auch tot.

PETER: Was?

FRED: Er hat sich die Pulsadern durchtrennt.

PETER: Aber … wieso?

FRED: Wen interessiert's? Er war ein Schwachkopf! Hat immer rumgebrüllt, dass er der King wäre. Ich bin froh, dass er weg ist.

PETER: Du bist ein furchtbarer Mensch.

FRED: Ich bin nur der einzige, der hier seine fünf Sinne beisammen hat.

PETER: Warum bist du dann hier? (Es folgt keine Antwort) Diese Einrichtung ist böse. Jemand muss ihnen das Handwerk legen.

FRED: Hör mal! Das ist mir jetzt wirklich unangenehm, weil du kein übler Kerl bist, aber halte in Zukunft Abstand zu mir.

PETER: Was?!

FRED: Du bist keiner von diesen arroganten Pennern am Pool, aber du bist trotzdem ein Dummkopf. Wenn die eine Liste mit Gefährdern haben, dann stehst du vermutlich inzwischen ganz weit oben. Und ich hab absolut kein Interesse daran, dass sie denken, ich würde mit dir unter einer Decke stecken.

PETER: Du gehörst zu denen, oder?

FRED: Verdammt Peter! Du merkst es gar nicht, oder?! Der Direktor hat Recht! Er ist ein Verbrecher und ein Mörder, aber in deinem Fall hat er recht! Du verlierst den Verstand! Du schnappst allmählich über. Und es ist nur eine Frage der Zeit, bis du irgendetwas Dummes machst, und dann möchte ich lieber nicht in deiner Nähe sein.

PETER: (lacht freudlos) Ich verstehe schon.

FRED: Wenn ich dir einen Tipp geben soll, dann ruh dich ein wenig aus. Hol dir was aus der Apotheke.

PETER: Du hast gesagt, ich soll nichts nehmen, was die mir geben.

FRED: Nichts, was sie dir persönlich geben. Aber die können wohl kaum die ganze Apotheke präpariert haben, oder?

PETER: Ich werde keine Tabletten mehr in dieser Anstalt zu mir nehmen. Egal, was passiert.

Peter zieht seine Tablettendose aus der Tasche und wirft sie in den See.

FRED: Du bist ein Idiot Peter. Du verdienst es nicht anders.

FÜNFTE SZENE

Peter sitzt zuhause an seinem Computer und tippt. Draußen ist es bereits dunkel.

PETER: (leise flüsternd) Ihr müsst mir helfen. Ich muss hier raus! Sie halten mich gefangen und setzen mich gegen meinen Willen unter Drogen. So! Jetzt verschlüsseln! Für jeden Buchstaben einen anderen Buchstaben. Und wegschicken!

Er lächelt, lässt den Computer an und geht zu Bett. Langsam wird es dunkel in dem Raum. Am nächsten Morgen kommt er zurück und bemerkt, dass sein Computer weg ist. Ein Wachmann verlässt gerade das Zimmer.

PETER: HEY! Was ist hier passiert?!

WACHMANN: Eine Leitung in ihrem Quadranten ist leider durchgebrannt. Wir mussten alle elektrischen Geräte entfernen zu ihrer eigenen Sicherheit … oder so.

PETER: Ich verlange, sofort einen neuen Computer zu bekommen, einen Laptop mit W-Lan und langer Akkulaufzeit, damit ich ihn auf meine Spaziergänge mitnehmen kann.

WACHMANN: Wir geben es weiter.

Der Wachmann verlässt die Wohnung. Peter geht in die Hocke und fasst sich an die Schläfen.

SECHSTE SZENE

Peter ist in der Apotheke.

APOTHEKER: Ich würde Ihnen diese Tabletten gegen die Kopfschmerzen empfehlen, diese gegen den unruhigen Schlaf, diese gegen das Herzrasen, diese gegen die Durchblutungsstörungen und diese für Ihre Diabetes, die sich verschlechtert hat.

Die Stimmte hallt im Off weiter, während Peter am Tisch sitzt und Gemüse isst.

APOTHEKER: Darüber hinaus sollten sie unbedingt eine strickte Diät einhalten. Ich habe alle Gastronimiebetriebe in der Anlage informiert. Keine Kohlenhydrate. Nur gedämpftes Gemüse. Hin und wieder eine Winzigkeit Reis. Ansonsten nur gedämpftes Gemüse. Und scharfe Gewürze.

Immer mehr dem Wahnsinn verfallend rennt er in eines der Zimmer der Angestellten. Diese wirken überrascht.

PETER: Ich brauche etwas! Ich brauche jemanden. Ich halte es nicht mehr aus. Ich muss mit jemandem reden! Ich muss jemanden berühren! Ich bin nicht aus Stein!

MANDY: Es tut mir leid, aber Sie stehen momentan auf der schwarzen Liste.

PETER: Was?

MANDY: Sie sind hier als Gefährder eingestuft und medikamentenabhängig. Deshalb dürfen wir Sie vorübergehend nicht als Kunden bedienen.

PETER: Was soll der Mist?!

MANDY: Ich muss Sie bitten zu gehen.

PETER: Wofür glauben Sie, habe ich fünfzig Jahre meines Lebens weggegeben?! Dafür dass ich hier eingesperrt bin wie in einer Klapsmühle?!

MATT: Hey! Beruhig dich wieder! Keine Panik, Mandy. Ich bring ihn raus.

PETER: Lass mich! Ich will raus aus diesem Irrenhaus!

FRED: Verdammt! Reiß dich zusammen! Du bist auf Entzug!

PETER: Was denn für ein Entzug?! Wo bin ich?!

Die Szenerie hat sich längst aufgelöst. Alle handelnden Figuren laufen mit verschiedenen Teilen der Bühneneinrichtung durcheinander. Die Bühne wird von unterschiedlichen Farben beleuchtet und verzerrt. Alles ist durcheinander.

FRED: Sie setzen dich auf Entzug! Alles wird dosiert: Essen, Trinken, Vergnügungen, alles! Das machen die immer so, wenn sie wollen, dass jemand durchdreht.

PETER: Das lass ich mir nicht bieten!

FRED: Reiß dich zusammen oder bist so gut wie tot!

PETER: Das ist mir egal. Alles ist besser als das hier!

Er tritt Scheiben ein, wirft Stühle. Fred sucht das Weite. Die Wachmänner stürmen auf ihn ein. Er schlägt um sich. Dann stürzt das gesamte Personal über ihn her und bedeckt ihn unter sich.

VIERTER AUFZUG

ERSTE SZENE

Am Pool. Eine lange Zeit ist ins Land gezogen.

GERHARD: Na sieh mal einer an. Da kommt schon wieder die hässliche Heather.

KORDULA: Wo hat sie denn ihren Call-Boy gelassen?

Peter läuft ihr hinterher.

PETER: Heather.

Sie läuft einfach weiter.

PETER: Heather, warte! Wie geht's dir?

Sie hält inne.

HEATHER: (verwirrt) Gut.

PETER: Wie läuft's in deiner Beziehung? Bist du glücklich?

HEATHER: Ja. (Sie hebt die Brauen). Ich hab gehört, du hast schlussgemacht mit Tracy. Tut mir leid für dich.

PETER: Schon okay, ich … ich brauchte 'ne Pause. Ich will auch eine Zeit lang keine Beziehung mehr führen.

HEATHER: Kann ich verstehen.

PETER: Hast du Lust nachher vielleicht spazieren zu gehen? Also nur als Freunde.

HEATHER: Naja, eigentlich wollte ich mich nachher mit Cliff treffen.

PETER: Klar. Kein Problem. Aber vielleicht ein ander Mal?

HEATHER: Gut.

Sie verlässt den Raum und Peter geht am Pool vorbei.

GERHARD: Achtung, da kommt der Irre.

KORDULA: Pscht! Er kann uns hören.

Fred taucht auf.

FRED: Sie haben deinen Vertrag umgeschrieben. Ich hab's eben von einem Mitarbeiter gehört. Sie haben ihn umgeschrieben, weil du gewalttätig geworden bist.

PETER: (ruhig) Ich weiß.

FRED: Du Idiot! Sie brauchten dringend jemanden mit Blutgruppe AB+ für dieses Experiment am Ende des Jahres, jemanden wie dich! Du hast ihnen den besten Vorwand geliefert, deinen Vertrag umzuschreiben, weil sie dich nun als nicht mehr Herr deiner geistigen Kräfte diagnostizieren können.

PETER: Ja, davon gehe ich aus.

FRED: Sie haben auf Video, wie du einen Wärter angreifst. Damit haben sie schon alles, was sie brauchen.

PETER: Ich denke auch.

FRED: Verdammt! Wieso bist du dann so ruhig?!

PETER: Weißt du Fred, wir sterben alle irgendwann.

Er verlässt den Raum.

ZWEITE SZENE

Peter spaziert alleine über die Ländereien. Plötzlich hört er eine Stimme hinter sich.

HEATHER: Hey! Wo gehst du hin?

PETER: Nur spazieren.

HEATHER: Warte! Ich komm mit. Ich hol nur rasch meine Jacke.

Ein kalter Wind umweht die Landschaft.

HEATHER: So! Und wie geht's?

PETER: Ziemlich gut eigentlich. Und dir?

HEATHER: Es geht so. Wo laufen wir hin?

PETER: Ich hab eine tolle Stelle auf dem Gelände gefunden. Ein Baumkreis. Die Bäume sind echt und nicht aus Kunststoff. Ich hab mir in der Bibliothek die Baugeschichte der Anlage durchgelesen und diese Bäume waren schon da, bevor sie die Anlage gebaut haben.

HEATHER: Das machst du also in deiner Freizeit.

PETER: (lacht) Es ist auch einfach ein schönes Stück Land.

HEATHER: Dann bin ich mal gespannt. Darf ich dich was fragen?

PETER: Klar. Schieß los!

HEATHER: Stimmt es, dass du einen Anfall hattest und dich mit den Wachleuten geprügelt hast?

PETER: Ich bin mit ihnen aneinandergeraten. Aber keine Sorge. Es wird nicht wieder vorkommen.

HEATHER: Weswegen habt ihr euch gestritten?

PETER: Sie haben nichts falsch gemacht. Es war meine Schuld. Ich hab den Boden unter den Füßen verloren.

HEATHER: So wie diese eingebildeten Leute am Pool?

PETER: So ähnlich. Ich hab den Bezug zur Realität verloren.

Sie erreichen einen Kreis aus Bäumen, in deren Schatten sie sich niederlassen. Vögel zwitschern in den Ästen.

HEATHER: Ich hab noch ein paar Brote dabei.

Sie reicht ihm eines.

PETER: Danke.

HEATHER: Ich hoffe, sie haben dir deshalb keine weiteren Einschränkungen auferlegt.

PETER: Nein. Tatsächlich wurden die meisten Einschränkungen sogar aufgehoben. Ich darf zum Beispiel wieder normal essen. Aber leider darf ich meine Eltern nicht mehr sehen.

HEATHER: Das tut mir wirklich leid Peter. Darfst du ihnen wenigstens schreiben?

PETER: Nein. Ich darf überhaupt keinen Kontakt zur Außenwelt mehr aufnehmen. Ich hab keine Ahnung, wie sie sich gerade fühlen. Ich vermisse sie.

HEATHER: (legt ihm kurz die Hand auf die Schulter) Bald werden sie dir bestimmt wieder erlauben, sie zu treffen.

PETER: (lächelnd) Vielleicht.

HEATHER: Meine Eltern haben den Kontakt zu mir abgebrochen, als ich den Vertrag für diese Anlage unterschrieben habe.

PETER: Das ist bestimmt noch viel schlimmer.

HEATHER: Ja. Aber ich habe mich damit abgefunden. Wir hatten nie ein besonders rosiges Verhältnis. Ich frage mich, wie sie in neun Jahren reagieren, wenn sie die Meldung von meinem Tod erhalten. Ich frage mich, ob sie wenigstens zu meiner Beerdigung kommen.

Peter blickt betreten zu Boden. Sie essen eine Weile schweigsam.

PETER: Sind das nicht wunderschöne Bäume? Sie sind sicherlich schon an die hundert Jahre alt. Das hier sind Kastanien. Und das da drüben könnte eine Weide sein.

HEATHER: Also ich schau immer gerne den Ameisen zu. Sie arbeiten alle so perfekt zusammen, sie laufen immer in einer Linie, als hätten sie ein kollektives Bewusstsein oder so etwas.

PETER: Da hab ich noch nie drüber nachgedacht. Aber ja, das könnte durchaus sein.

HEATHER: Es gibt ein Buch über eine Ameisenzivilisation. Es spielt in einer dystopischen Zukunft. Die Menschen haben sich gegenseitig ausgelöscht. Der Planet wird von Ameisen beherrscht. Sie haben sich weiterentwickelt, aber nicht als Individuen. Sie sind wie ein einziges, den Erdball überspannendes Lebewesen geworden. Alle sind eins.

PETER: Klingt interessant. Wer hat es denn geschrieben?

HEATHER: Ich.

PETER: Du schreibst?

HEATHER: Ja, schon mein ganzes Leben.

PETER: Das ist ja unglaublich. Hast du schon mal etwas veröffentlicht?

HEATHER: Nein.

Sie wirf ein paar Brotkrumen zu den Ameisen.

PETER: Mittagessen.

HEATHER: Cliff und ich gehen heute Abend zum Konzert am See. Wenn du möchtest, kannst du uns begleiten.

PETER: (freundlich) Das ist sehr nett. Aber ich möchte all dem Trubel für eine Weile aus dem Weg gehen.

HEATHER: Ist es wegen Tracy?

PETER: (lächelnd) Nein. Eigentlich nicht. Damit hab ich mich schon längst abgefunden. Ich bin auch nicht sauer auf sie.

HEATHER: Du bist sauer auf dich selbst oder? Weil du wusstest, dass es nur gespielt war, aber du dir selbst etwas vorgemacht hast.

PETER: (starrt sie einen Moment nachdenklich an) Ja. Ich wusste, was sie war. Ich habe nur meine Augen davor verschlossen.

HEATHER: Ich weiß auch, dass Cliff nur so tut, als würde er mich mögen. Das ist sein Job.

PETER: Das sollte jedem klar sein, der sich hier einweisen lässt.

HEATHER: Es war mir klar. Aber es war mir egal. Mich hat nie jemand gemocht. Niemand.

PETER: Wieso?

HEATHER: Na, weil ich hässlich bin.

PETER: Du bist nicht hässlich. Diese Leute am Pool, der Direktor und die Angestellten: die sind hässlich.

HEATHER: Ich nehme mal an, du redest von ihren inneren Werten. Aber da draußen in der wirklich Welt gibt niemand etwas auf deine inneren Werte.

PETER: Ich weiß. Und das ist ein großer Fehler. Wenn ich jemals hier rauskomme, werde ich diesen Fehler nie mehr wiederholen.

HEATHER: Ich wusste, dass niemand jemals eine Beziehung mit mir führen würde. Aber das Schlimmste war, dass auch niemand mit mir befreundet sein wollte.

Peter schweigt eine Weile. Er weiß nicht, was er darauf antworten soll. Heather wirft den Ameisen ein paar Brotkrumen zu.

HEATHER: Man hat heutzutage für fast alles Verständnis und Mitgefühl, aber für Hässlichkeit nicht.

PETER: Ich möchte mit dir befreundet sein.

HEATHER: (lacht) Freundschaft aus Mitleid?

PETER: (lacht ebenfalls) Ich habe kein Mitleid mit dir. Du bist quasi eine Multimillionärin, zumindest deinem Lebensstil nach zu urteilen.

HEATHER: Das gefällt mir. Wir können so tun, als hätte ich mir das Geld selbst verdient. Wir können so tun, als wäre ich eine berühmte Autorin.

PETER: (lächelnd) Na dann Frau Autorin! Erzählen Sie! Ich will jedes Detail über Ihre Bücher wissen. Und signierte Exemplare will ich auch.

HEATHER: Ich glaube, die Wachleute haben dir zu stark eins übergezogen. Du bist glaube ich immer noch plemplem.

PETER: Nein. Ich bin aufgewacht.

DRITTE SZENE

Peter ist im Restaurant. Er schaufelt sich Gemüse und ein paar Nudeln auf den Teller. Dann setzt er sich alleine an einen Tisch. Am anderen Tisch sitzen Gerhard, Kordula und ihre Partner.

GERHARD: Was setzt du dich von uns weg? Sind wir nicht mehr gut genug für dich?

Peter antwortet nicht und isst. Gerhard steht auf.

GERHARD: Was soll das?! Isst du nur noch Gemüse?! Hier hast du mal ein ordentliches Stück Fleisch!

Packt ihm Fleisch auf den Teller. Peter hält inne. Er rührt sich nicht.

GERHARD: Was ist los mit dir? Jeden Tag nur Gemüse und Reis. Du musst doch gar keine Diät mehr halten! Schau dir doch nur mal an, was es hier alles gibt! (Er geht zum Buffet.) Kalbsfleisch! (Er wirft es nach ihm.) Krokodilfleisch! (Er wirft es nach ihm.) Pandafleisch! (Er wirft es nach ihm.) Delphinfleisch! (Er wirft es nach ihm.) Hundefleisch! (Er drückt ihm das Fleisch ins Gesicht.) Und dazu den feinsten Stoff! (Er gießt eine Flasche Wein über ihm aus. Peter rührt sich nicht.)

WACHMANN: Habt ihr hier nur Spaß oder gibt es Rivalitäten? Ihr kennt die Hausordnung.

GERHARD: Das war nur Spaß – alles nur Spaß! Stimmt's Peter?

Er kehrt an seinen Tisch zurück.

GERHARD: Was für ein Irrer.

KORDULA: Ich sag dir, er war kurz davor, dich anzugreifen.

GERHARD: Ich hoffe, sie nehmen ihn bald mit und knipsen ihm das Licht aus. Er ist ein öffentliches Ärgernis.

Peter bleibt sitzen, bis die anderen Gäste gegangen sind. Heather kommt herein. Sie strahlt über beide Ohren.

HEATHER: Wie siehst du denn aus?

PETER: Hey Heather. Schön, dass du da bist. (Er wischt sich ab.)

HEATHER: (strahlend) Ich hab etwas für dich. Erinnerst du dich noch, als ich gesagt habe, ich schreibe eine Geschichte über dich? Sie ist fertig.

PETER: Was? Meinst du das ernst?

HEATHER: Ja. 320 Seiten.

PETER: Das ist ja unglaublich. Alles über mich?

HEATHER: Naja, sagen wir die Geschichte ist eine recht lose Adaption. Sie handelt von einem guten Mann, der zu unrecht in ein Gefängnis gesperrt wurde. Dort ist er alleine unter furchtbaren Menschen und muss jeden Tag um sein Überleben kämpfen.

PETER: (lacht) Ja, das kommt mir bekannt vor. Aber sag mir, hat er auch einen fantastischen Sidekick, eine schlaue Freundin, die Bücher schreibt und ihm immer wieder aus der Patsche hilft?

HEATHER: (lacht) Nein. Sie kommt in der Geschichte nicht vor.

PETER: Warum nicht? Ich glaube, ihre Geschichte wäre es auch wert, erzählt zu werden.

HEATHER: Für ihre Geschichte hat sich bisher nie jemand interessiert.

PETER: Ich schon. Schreibe es.

VIERTE SZENE

Draußen auf dem Gelände steht Peter. Der Insasse Wolfram erscheint und trägt einen schweren Gegenstand. Peter läuft sofort zu ihm hin.

PETER: Hallo Wolfram. Kann ich dir helfen?

WOLFRAM: (keuchend) Ja. Danke, das ist sehr nett.

PETER: Was ist das denn für ein schweres Ding?

WOLFRAM: Ich habe mir neue Musikboxen bestellt. Die machen sich bestimmt toll in meinem Wohnzimmer. Ich hab nur nicht bedacht, wie schwer sie sind. Aber gut, dass du vorbeigekommen bist.

CANDY: (herbeieilend) Was wird denn das hier? Wolfram! Sie müssen das doch nicht selbst tragen!

WOLFRAM: Schon in Ordnung. Der Junge hilft mir dabei.

CANDY: Das ist überhaupt nicht nötig. Wir sind doch hier, um dafür zu sorgen, dass keiner unserer Gäste irgendwelche Hilfe nötig hat.

PETER: Ich mach das gern!

CANDY: Nichts da! Brad!

BRAD: Ja?

CANDY: Trag dieses Gerät zu Wolframs Wohnung!

BRAD: Okay. Arbeit Arbeit.

Brad läuft mit den Boxen voraus. Candy legt den Arm um Wolfram und redet freundlich auf ihn ein, während sie ihn behutsam mit sich zieht. Peter bleibt allein zurück und blickt nachdenklich zu Boden. Eine Weile passiert nichts. Dann sieht er, wie Heather auf ihn zurennt und ein Lächeln kehrt auf sein Gesicht zurück.

HEATHER: Hey! Hast du auf mich gewartet? Woher hast du gewusst, dass ich vorbeikomme?

PETER: Ich weiß doch, wie sehr du unsere täglichen Spaziergänge liebst. Ich hoffe, du bist deshalb so spät, weil du gearbeitet hast?

HEATHER: Ja. Ich hab tatsächlich geschrieben. Es läuft gerade ziemlich gut.

PETER: Das hoffe ich. Dein letztes Buch hab ich schon vor einer Woche fertig gelesen. Ich warte immer noch auf die Fortsetzung.

HEATHER: (lächelnd) Und wo gehen wir dieses Mal hin?

PETER: Der Sturm letzte Nacht hat ein paar Bäume umgeworfen am Bergrand. Dort hat sich ein kleiner Wildbach gebildet. Ich war heute Morgen schon einmal dort.

HEATHER: Ist es denn so schön da?

PETER: Nicht unbedingt, aber ich möchte ihn mir nochmal anschauen, bevor sie ihn zuschütten. Und schau mal, was ich dabei habe.

HEATHER: (lacht) Ein Radio? Dir ist schon klar, dass wir einen unbegrenzten Streaming-Service in der Anlage haben. Da können wir jede Musik abspielen, die wir wollen.

PETER: Ich weiß. Aber die Radiosender kommen von außerhalb.

Sie laufen weiter, während Musik und Ansagen aus dem Radio erklingen.

PETER: Ist ja verrückt. Ich hab diesen Sender früher immer gehört, wenn ich mit dem Bus zur Arbeit gefahren bin. Ich hab nie darüber nachgedacht, wie viel Arbeit in so einem Radiosender steckt. Wie viele Menschen zusammenarbeiten müssen, damit wir jetzt hier in diesem Moment diese Musik hören können. Jedes einzelne Lied muss erst komponiert, aufgeschrieben, gesungen, gespielt, aufgenommen, digitalisiert und vertrieben werden. Jeder Radiosender muss eine Playlist zusammenstellen und alle Lieder zeitlich auf die Ansagen abstimmen und tausende Menschen können sie dann gleichzeitig anhören. Während wir das gerade hören, sitzt irgendjemand anders gerade im Bus zur Arbeit und hört es auch.

HEATHER: (lacht) Du machst dir wirklich viele Gedanken.

PETER: (lachend) Was denn? Das ist doch faszinierend. (Er senkt niedergeschlagen den Kopf.) Es war ein Geschenk von meinen Eltern. (Er betrachtet eine Weile schweigend das Radio.) Unsere Vorfahren hätten sicherlich zwanzig Jahre ihres Lebens dafür hergegeben, auch nur ein einziges Mal Radio hören zu dürfen, oder das Internet zu benutzen oder in einem Supermarkt einkaufen zu können. Wir hingegen nehmen all diese Dinge für selbstverständlich, solange bis wir sie nicht mehr haben.

HEATHER: Das stimmt wohl. Schau mal! Wir kommen der Grenze der Anlage ziemlich nahe.

PETER: (lächelnd) Ja, man kann in der Ferne schon die Zäune sehen.

HEATHER: Warum bist du so gut gelaunt?

PETER: Ich genieße einfach den Spaziergang.

HEATHER: Weißt du was? Ich bin wirklich froh, dass wir uns kennengelernt haben, also als Freunde. Ich hab das Gefühl, du bist der einzig nette Mensch in dieser Anlage.

PETER: Dito. (Er hält inne und stellt das Radio ab.) Kannst du eigentlich tanzen?

HEATHER: (lacht) Ich weiß nicht. Sag du es mir.

Sie dreht sich einen Moment auf der Stelle und macht einige sehr elegante Bewegungen.

PETER: Du bewegst dich wie eine professionelle Tänzerin.

HEATHER: Ich hab viele Jahre Tanzunterricht genommen. Ich dachte immer, dass ich es irgendwann einmal brauchen könnte. Aber es wollte nie jemand mit mir tanzen. Willst du tanzen?

PETER: Ich befürchte, wenn ich tanze, stürmen sofort die Wachleute her, weil es aussieht, als ob ich einen epileptischen Anfall hätte.

Sie lacht. Dann herrscht einen Moment Stille.

HEATHER: Darf ich dich etwas fragen? Warum hast du die Angestellten wirklich angegriffen? Du bist so ein friedlicher Mensch. Es passt überhaupt nicht zu dir.

PETER: (zuckt mit den Schultern) Ich stand unter Drogen.

HEATHER: Ernsthaft?

PETER: Seit ich hier angekommen bin, haben sie mich vollgepumpt mit Drogen. Ich war komplett abhängig davon. Ich brauchte unablässig meine nächste Dosis und die Dosis wurde immer weiter erhöht. Ich lebte nur noch in einer Traumwelt. Als sie mich dann auf Entzug gesetzt haben, bin ich durchgedreht.

HEATHER: Was für eine Droge war das?

PETER: Konsum.

Es folgt ein langes Schweigen. Heather blickt zu Boden.

PETER: Komm, gehen wir weiter. Ich will die Zäune erreichen, bevor es dunkel wird.

Sie erreichen den Berghang mit dem kleinen Bach. In der Ferne erkennt man die Zäune.

PETER: Mein Gott! Es ist nur ein Katzensprung nach draußen. Ich frag mich, ob sich manchmal Schaulustige dem Zaun von außerhalb nähern. Es wäre doch schön, ein neues Gesicht zu sehen, einen freien Menschen zu sehen.

HEATHER: Ich glaube, es gibt so eine Art Todesstreifen. Wie bei der Berliner Mauer.

PETER: (lacht) Nein. Ich habe nachgeforscht. Wenn man es über diese Zaun schafft … dann ist man frei.

HEATHER: Tja. Deswegen gibt es wohl den Stacheldraht und den Starkstrom.

PETER: Naja. Wir könnten diese großen Äste da nehmen, aneinander binden und eine Leiter bauen. Es gibt zwar Überwachungskameras, aber bis die Wachleute hier sind, vergehen mindestens 15 Minuten. Mit so einer Leiter könnten wir über den Zaun klettern und den Stacheldraht umgehen. Die Stromschläge könnte ich ignorieren. Ich bin Schmerzen gewohnt und du auch. Der nächste Ort ist zwei Kilometer entfernt. Wenn wir schnell laufen, könnten wir die Strecke in zehn Minuten zurücklegen. Dort steigen wir in einen Bus und dann tauchen wir irgendwo unter. Diese Anlagen haben ein sehr schlechtes öffentliches Image. Ich bin mir sicher, dass die Polizei uns nicht ausliefern wird. Wenn wir also einmal draußen sind, glaube ich, müssen wir auch nicht mehr zurück.

HEATHER: Wenn … falls … Das hört sich alles sehr nach Wunschdenken an.

PETER: Wenn wir es versuchen, sterben wir vielleicht. Wenn wir hier bleiben, sterben wir auf jeden Fall.

HEATHER: Wir?

PETER: Würdest du etwa nicht mitkommen wollen?

HEATHER: Ich bleibe hier.

PETER: Ohne dich versuche ich es bestimmt nicht. Du bist der einzige Mensch, der mir noch geblieben ist. Ich glaube nicht, dass ich ohne dich da draußen klarkommen würde.

HEATHER: Ich glaube nicht, dass ich dort draußen überhaupt noch klarkommen würde.

PETER: Wir könnten gemeinsam fliehen. Dann suchen wir uns eine nette Wohnung und werden WG-Freunde. Wir gehen zusammen in den Bergen wandern und in den Meeren schwimmen. Wir können gehen, wohin wir wollen.

HEATHER: Meinst du das ernst?

PETER: Ja, ich meine es ernst. Wenn du versuchst zu fliehen, werde ich es auch versuchen.

HEATHER: Ich gehe hier nicht weg. Selbst wenn du einen besseren Fluchtplan hättest. Ich bleibe hier, für immer.

PETER: Heather! Das alles hier ist nicht echt.

HEATHER: Ich weiß, dass es nicht echt ist. Aber es ist besser als das, was ich von dort draußen gewohnt bin.

PETER: Warum?

HEATHER: Wie nennen mich die anderen hier?

PETER: Die sagen das nur, weil sie furchtbare Menschen sind.

HEATHER: Denkst du die Menschen da draußen wären anders? Ich bin hässlich und nicht nur ein bisschen. Damit bin ich für fast jeden anderen ein Mensch zweiter Klasse. Die Menschen wenden die Köpfe ab, wenn sie mich sehen. Sie flüstern sich ins Ohr und lachen. Sie rufen mir Beleidigungen hinterher. Sie wollen nicht länger mit mir reden, als notwendig ist. Sie wollen mich nicht einstellen, sie wollen nicht mit mir befreundet sein und sie wollen erst recht keine Beziehung mit mir führen.

PETER: Ich will mit dir befreundet sein.

HEATHER: Und könntest du dir vorstellen, eine Beziehung mit mir zu führen?

Er zögert.

HEATHER: Sag die Wahrheit. Bitte sag die Wahrheit. Ich bitte dich als deine Freundin … um deine Ehrlichkeit. Könntest du es dir vorstellen?

Es folgte eine sehr lange Pause. Dann schließt Peter die Augen.

PETER: Nein.

Die Stille, die darauf folgt, dauert noch länger. Heather wischt sich eine Träne aus dem Auge.

HEATHER: Danke für deine Ehrlichkeit. Und fühl dich nicht schlecht deswegen. Du bist sowieso nicht mein Typ. Aber jetzt verstehst du. Ich bin hässlich. Und das kann niemand jemals übersehen, nicht einmal ein so netter Kerl wie du.

PETER: Ich bin die letzte Zeit auch gut ohne Beziehung ausgekommen. Es gibt noch andere Dinge im Leben, abseits von Beziehung und Partnerschaft.

HEATHER: Und überall gibt es Einschränkungen für mich. Ich bleibe hier.

PETER: Ohne dich will ich nicht gehen. Ich könnte es nicht ertragen, wenn ich frei wäre und du immer noch mit all diesen bösen Menschen eingesperrt bist.

HEATHER: Ich bin böse Menschen gewohnt. Aber wenn du es wirklich versuchen willst, dann solltest du es tun, alleine.

PETER: Nein. Es war sowieso ein dummer Plan. Ich will meine letzten Wochen nicht alleine verbringen.

HEATHER: Letzten Wochen? Wovon redest du da?

PETER: (zögernd) Gar nichts. Ich hab nur übertrieben. Wochen, Jahre. Was macht das schon für einen Unterschied?

HEATHER: Ist wirklich alles in Ordnung?

PETER: (lächelnd) Ja. Jetzt in diesem Moment ist alles in Ordnung. Schau mal da! Ameisen…

FÜNFTE SZENE

Peter sitzt in einem ausgeräumten Haus. Alle technischen Geräte fehlen. Die Möbel wirken seltsam leer und einsam. Ein paar Männer betreten das Gebäude.

WACHMANN: Herr Kakotychía?

PETER: Ja.

WACHMANN: Es tut mir leid, dass wir Sie so spät aufsuchen. Es hat eine Entwicklung gegeben und wir möchten Sie bitten, die neue Situation mit dem Direktor zu besprechen.

PETER: Ich warte eigentlich gerade auf ein Buch. Also ich warte auf jemanden, der mir ein Buch bringt.

WACHMANN: Dafür werden Sie sicher noch Zeit haben, wenn Sie zurück sind. Herr Amrod wartet bereits auf Sie.

PETER: Wie gefällt Ihnen eigentlich Ihr Beruf? Das habe ich mich schon oft gefragt.

WACHMANN: Kommen Sie bitte mit uns.

PETER: Natürlich. (Er erhebt sich). Könnten Sie bitte diesen Brief meinen Eltern zukommen lassen?

WACHMANN: Ich werde es weitergeben.

PETER: Was meinen Sie? Sollte ich eine Jacke mitnehmen oder nicht?

WACHMANN: Es ist recht frisch draußen.

PETER: Brauche ich sonst irgendetwas? Kleidung? Zahnbürste?

WACHMANN: Alles, was Sie brauchen, wird Ihnen zur Verfügung gestellt werden.

PETER: Nun gut. Was nützt es, die Sache weiter hinauszuzögern? Brechen wir auf.

Er wirft sich eine Jacke über die Schultern und geht zwischen den zwei Wachmännern die Treppe hinunter. Sie gehen über die Wiese.

PETER: Wir gehen ja gar nicht zum Hauptgebäude.

WACHMANN: Es gibt noch einen weiteren Ausgang bei den Zäunen. Dort wartet Herr Amrod auf Sie.

Plötzlich rennt ihnen eine zerzauste Gestalt hinterher. Es ist Heather.

WACHMANN: Halten Sie bitte Abstand.

HEATHER: Was ist hier los?

PETER: Ich werde weggebracht. Hast du das Buch dabei? Ich würde gerne noch lesen, wie die Geschichte mit dem Gefangenen ausgeht.

HEATHER: Wo bringen Sie dich hin?

PETER: Das weiß ich selbst nicht so genau. Aber ich werde nicht mehr zurückkommen.

HEATHER: Was soll das heißen? Du bist gerade erst reingekommen. Du müsstest noch viele Jahre haben.

PETER: Sie haben meine Aufenthaltsdauer gekürzt. Ich wusste, dass mir nur noch wenige Wochen blieben, aber die genaue Zeit wusste ich nicht. Sie haben mich nicht mehr über den aktuellen Stand der Dinge informiert.

HEATHER: Warum bist du nicht gerichtlich dagegen vorgegangen?!

PETER: Da hätte ich verloren.

HEATHER: Warum hast du nichts gemacht?

PETER: Das habe ich doch. Ich hab mehr Zeit mit dir verbracht.

Sie starrt ihn besorgt an und wischt sich die Augen.

PETER: Kann ich das Buch haben? (Er nimmt es von ihr entgegen.) Vielen Dank. Jetzt hab ich während der Fahrt etwas zum Lesen.

WACHMANN: Herr Kakotychía. Wir müssen weiter.

PETER: Darf ich mich wenigstens verabschieden?

Der Wachmann nickt kurz und er und die anderen Wachen drehen ihnen den Rücken zu gehen ein paar Schritte weg.

PETER: Ich hoffe, in deiner Geschichte hat der Gefangene ein glücklicheres Ende.

HEATHER: (weinend) Warum hast du nichts gesagt? Ich wäre mit dir auf die Zäune geklettert.

PETER: Da hätten wir sowieso keine Chance gehabt. Danke, dass du die letzten Monate für mich da warst. Es waren welche der glücklichsten Monate, die ich je hatte.

HEATHER: Das ist doch Unsinn!

PETER: Nein. Das Leben ist so gut wie die Menschen, mit denen man es verbringt. Und gute Menschen sind das Kostbarste auf Erden. Weißt du, was mir jetzt erst klar wird? Ich hätte eigentlich die letzten Jahre jeden Tag meines Lebens immer glücklich sein können. Ich hatte ein gutes Leben. Ich hatte einen netten, kleinen Job, der mir nicht zu viel Arbeit abverlangt hat. Ich hatte eine nette Familie, die sich um mich gekümmert hat. Es gab viele nette Menschen in meinem Umfeld. Manche habe ich leider ignoriert. Aber welchen Vorwurf kann ich dann Frauen wie Tracy machen, wenn sie Männer wie mich ignorieren? Ich hatte viel mehr, als ich verdient habe. Ich hätte jeden Tag meines Lebens glücklich sein können, stattdessen habe ich mich dagegen entschieden und war jeden Tag meines Lebens unglücklich. Ich dachte immer, mein Leben muss sich ändern, damit ich glücklich sein kann. Jetzt erst verstehe ich, dass ich mich selbst hätte ändern müssen. Das ist mir erst hier gelungen, aber leider ist jetzt nicht mehr viel von meinem Leben übrig.

Es herrscht ein langes Schweigen, während das Wasser des Wildbaches friedlich über die Steine plätschert und Heather versucht nicht zu weinen.

PETER: Was würde ich dafür geben, da draußen sein zu können? Ich würde ein einfaches Leben leben, meinen Job machen und einfach Gott dafür danken, dass ich von Menschen umgeben bin, die genauso hilflos, fehlerhaft und genauso wundervoll sind wie ich. Ich würde versuchen, einen positiven Einfluss auf diese Welt zu haben, selbst wenn alles, was ich tun kann, darin besteht, die Menschen in meinem Umfeld gut zu behandeln. Ich würde die Priorität darauf setzen, anderen etwas Gutes zu tun. Ich würde für wohltätige Zwecke spenden, anstatt ständig Dinge zu kaufen, die ich sowieso nicht brauche. Ich würde viele gute Werke vollbringen. Und wenn ich dann eines Tages gestorben wäre, hätte ich sagen können: Ich hab's versucht und ich hab mein Bestes gegeben. Was soll ich jetzt stattdessen sagen?

HEATHER: Ich weiß es nicht.

PETER: Ich auch nicht.

HEATHER: Aber ich weiß, was du für mich warst. Du warst mein Freund. Und du warst echt.

Sie legen die Köpfe zusammen und weinen. Sie halten sich fest und versuchen, sich gegenseitig Trost zu geben. Dann nehmen die Wachleute Peter sanft bei der Schulter und ziehen ihn mit sich zum Ausgang.

PETER: Ich werde dein Buch lesen Heather. Es wird bestimmt eine lange Fahrt. Und ich werde dabei immer an dich denken.

Der Vorhang schließt sich.

FÜNFTER AUFZUG

ERSTE SZENE

In ein weißes Operationshemd gezwängt wird Peter von Wachen mit Mundschutz und Handschuhen einen sterilen Gang entlang bugsiert. Ein ungesundes Licht wie von einer Alarmanlage geht abwechselnd an und wieder aus. Dazu erklingt jeweils ein unangenehmer Alarmton. Plötzlich halten die Wachen inne.

WACHMANN3: Halt!

Zwei andere Wachen schleifen einen halbtoten Mann im selben Operationshemd auf eine Tür zu. Der Mann drückt seine Hand gegen die Scheibe, während die Wachen die Tür öffnen. Dann schleifen sie ihn hinein.

WACHMANN3: Und weiter!

Sie treiben Peter vorwärts. An der Scheibe hält er inne. Er blickt hinein zu dem Verletzten und sie sehen sich durch die Scheibe hindurch an. Peter legt seine Hand auf das Glas, genau an der Stelle, an der der Verletzte seine Hand zuvor abgelegt hatte und wo ein Abdruck derselben zu sehen ist.

WACHMANN4: Warum sind die hier durchgekommen? Wir dürfen uns doch gar nicht im selben Raum aufhalten.

WACHMANN3: Wir hatten ja keinen Körperkontakt. Weiterlaufen!

Sie treiben ihn unbarmherzig weiter voran. Der Mann am anderen Ende der Scheibe wird ebenfalls weggetragen. Peter erreicht ein kleines Zimmer. Darin ist ein Stuhl mit Armfesseln.

WACHMANN3: Bitte setzen Sie sich hin! Hände auf die Ablage!

Peter wird im Hintergrund an einem Stuhl festgesurrt. Die Wachen geben ihm abwechselnd Spritzen in seine Arme. Schon bald beginnt er in seinen Knebel zu schreien und sich vor Schmerzen hin und her zu werfen. Im Vordergrund steht Herr Amrod und beobachtet ihn durch eine Glasscheibe. Ein Wissenschaftler in einem Arztkittel tritt auf.

WISSENSCHAFTLER: Herr Amrod! Wie schön Sie wiederzusehen. Wie geht es Ihrer Frau? Wie geht es den Kindern?

HERR AMROD: Hervorragend. Unser Jüngster ist gerade eingeschult worden. Wie geht es mit der Arbeit voran?

WISSENSCHAFTLER: Dem Subjekt wurden bereits verschiedene Injektionen verabreicht. Um das Gewissen unserer Mitarbeiter zu schonen, kommt auf jede gesundheitsschädliche Injektion eine unbedenkliche, sodass sie nie genau wissen, wer für die Schmerzen des Subjekts verantwortlich ist.

HERR AMROD: Sie leiten wirklich eine vorbildliche Einrichtung.

WISSENSCHAFTLER: Ich bin dankbar, dass Sie uns beliefert haben. Die offiziellen Stellen machen einen großen Bogen um uns. Jedes Jahr gibt es eine neue Sammelklage.

HERR AMROD: Keine Sorge. Bei uns ist der Kunde König. Jeder, der uns bezahlen kann, bekommt auch unsere Produkte geliefert.

WISSENSCHAFTLER: Genau meine Philosophie. Es ist nicht unsere Schuld, dass es Menschen gibt, die das Zeug kaufen, das wir herstellen. Wir produzieren es nur. Wir sind nur so gut, wie der Markt es uns erlaubt.

HERR AMROD: Ich bin froh, dass das Geschäft nun so problemlos über den Tisch gehen konnte. Die anderen Testsubjekte haben Sie ebenfalls von uns?

WISSENSCHAFTLER: Einen zu jeder Blutgruppe, korrekt! Das zweite Subjekt befindet sich aber bereits kurz vor dem Tod. Dann ist nur noch AB+ am Leben.

HERR AMROD: Wie lange wird er noch durchhalten?

WISSENSCHAFTLER: Bislang konnte er als einziger dagegen ankämpfen. Das Virus, das wir erforschen, ist noch immer nicht bei ihm ausgebrochen. Unsere Annahme, dass sich die Blutgruppe des Subjekts auf seine Überlebensfähigkeit auswirkt, hat sich nach den bisherigen Ergebnissen als richtig erwiesen. Wir testen nun, wie das Virus auf verschiedene Injektionen reagiert. Für die nächste Testreihe werden wir dann wieder neue Subjekte bei Ihnen einkaufen.

HERR AMROD: Dann haben Sie bereits alle Ergebnisse, die Sie brauchen?

WISSENSCHAFTLER: Eigentlich schon. Aber wir werden nun damit fortfahren, die Dosis so lange zu erhöhen, bis AB+ sein Leben verliert. Das gibt einen sehr wichtigen Wert für unsere Statistik.

HERR AMROD: Ausgezeichnet.

WISSENSCHAFTLER: Zum Glück ist er geistig umnachtet. Nicht auszumalen, wie schrecklich diese Prozedur für einen geistig gesunden Mensch sein würde. Es fasziniert mich, dass so viele Insassen in Ihrer Anlage den Verstand verlieren.

HERR AMROD: Ein positiver Nebeneffekt.

WISSENSCHAFTLER: Das macht Sie zu einem sehr wertvollen Handelspartner für die Wissenschaft.

HERR AMROD: Das ist unser höchstes Ziel.

Peter ist in sich zusammengesackt. Die Wachen schnallen ihn los und tragen ihn in seine Zelle. Er kann Herrn Amrod durch die Scheibe hindurch erkennen.

PETER: Wartet! Herr Amrod. Ich will mit Ihnen sprechen. Ich will Ihnen eine Nachricht mitgeben! Das ist alles, was ich will. Nur eine Nachricht.

WACHMANN3: Ruhe!

Sie bringen ihn weg. Einer der Wachen betritt den Raum, in dem sich Herr Amrod und der Wissenschaftler befinden. Er stützt sich seitlich auf einem Kästchen ab.

WACHMANN3: Herr Amod. Ich habe eben mit den Wachen gesprochen. Dieser Mann will sie unbedingt ein letztes Mal sprechen. Jetzt sagt er, er habe eine vertragliche Sache mit Ihnen zu bereden.

Herr Amrod zögert und macht einen Schritt, aber der Wissenschaftler kommt ihm zuvor.

WISSENSCHAFTLER: Offenbar manische Paranoia. Völlig normal bei diesen Experimenten. Bitte bringen Sie ihm etwas zu essen in seine Zelle, damit er für die Testreihe morgen wieder bei Kräften ist. So widerstandsfähig wie er ist, hält er bestimmt noch ein paar Wochen durch.

WACHMANN3: Wie Sie wünschen.

Er verlässt den Raum. Auch Herr Amrod macht sich zum Gehen bereit. Er wirft sich seine Jacke um.

HERR AMROD: Ich werde dann mal die Familie des Subjekts verständigen. Das ist immer eine unschöne Pflicht, aber es gehört eben dazu.

WISSENSCHAFTLER: Wenn Sie noch kurz in meinem Büro vorbeischauen, können wir die letzten Bestimmungen des Vertrags unterschreiben.

Herr Amrod lehnt sich an derselben Stelle auf das Kästchen wie vorher der Wachmann.

HERR AMROD: Das wäre wirklich hervorragend. Ich lade Sie nach Vertragsschluss einmal zu uns in die Anlage Sieben ein. Fünf Sterne Restaurant. Eigentlich müssten sie uns sechs Sterne geben. Nirgendwo gibt es mehr Luxus als bei uns. Wenn es nicht wert ist, dafür zu sterben, dann weiß ich nicht, wofür.

Herr Amrod und der Wissenschaftler verlassen den Raum. Das Licht erstirbt und alles wird dunkel. Laute Sirenen ertönen.

Der Raum ist völlig dunkel. Der Lärm der Sirene wird immer lauter und hört nicht auf. Der Raum lichtet sich wieder und Herr Amrod läuft hektisch mit einem Mundschutz und Handschuhen durch den Poolbereich der Anlage. Zwei Wachleute laufen ihm nach. Der Raum ist völlig verwüstet und voll von zerstörten Möbeln.

HERR AMROD: Wo sind die Wärter verdammt?!

WACHMANN: Die haben sich alle krankgemeldet. Die meisten Insassen sind auch auf ihren Zimmern. Sie haben bereits gemerkt, dass hier etwas nicht stimmt.

HERR AMROD: Verdammt! Wie sieht es denn hier aus?

WACHMANN: Ich glaube, die haben eine Party gefeiert und den Poolraum zerlegt, aber es war bisher niemand da, um die ganze Sauerei wieder aufzuräumen.

HERR AMROD: Was ist das? Ist das ein Mensch?

WACHMANN: Oh verdammt…

Sie bemerken mehrere Leichen, die dort wie achtlos weggeworfen zwischen den Trümmern liegen. Darunter sind auch Kordula und Gerhard. Eine Leiche treibt aufgequollen im Pool zwischen den aufblasbaren Luftmatrazen und Schwimmsesseln.

WACHMANN: Da hinten liegt noch eine.

HERR AMROD: Wir sollten sofort ins Besprechungszimmer zurück. Wenn diese Seuche wirklich ausgebrochen ist, dann darf niemand dieses Gebäude verlassen.

MANN: Was ist da los? Um Himmels Willen! Da ist eine Leiche!

HERR AMROD: Da kommen ein paar Insassen. Weg hier! Los!

Herr Amrod und die Wachleute eilen zurück durch den Gang zu dem Eingangsbereich mit dem Haupttor und dort die Treppe hinauf, die zu Herrn Amrods Büro führt. In seinem Büro verriegelt er die Tür mit seiner Fernbedienung.

HERR AMROD: Das kann alles nicht wahr sein! Wie hätte sich dieses Virus hier ausbreiten können? Die einzigen zwei Menschen, die in dem Labor waren, sind ich und der Insasse Kakotychía. Und der liegt noch immer in Quarantäne dort.

WACHMANN: Ist es möglich, dass Sie es eingeschleppt haben Herr Amrod?

HERR AMROD: Unsinn! Haben Sie diese Leichen gesehen? Voller schwarzer Flecken und das innerhalb weniger Tage. Wenn ich die Krankheit eingeschleppt hätte, würde ich doch genauso aussehen.

WACHMANN: Dieser Kakotychía hat auch überlebt. Alle anderen sind gestorben nach jetzigem Stand. Da muss es irgendeine Verbindung geben.

HERR AMROD: (in Gedanken versunken) Wir haben dieselbe Blutgruppe.

WACHMANN: Sie haben AB+? Warum haben Sie das nie gesagt? Wir haben monatelang nach jemandem mit dieser Blutgruppe gesucht.

HERR AMROD: (wütend) Wollen Sie mich gerade auf den Arm nehmen? Warum um alles in der Welt hätte ich mich da melden sollen? Welchen Sinn hätte es gehabt, das Ihnen mitzuteilen?

WACHMANN: Entschuldigung. So war das natürlich nicht gemeint.

HERR AMROD: Genug jetzt! Wie auch immer das Virus hierher gelangt ist, die Insassen sind alle kontaminiert. Sie dürfen das Anwesen unter keinen Umständen verlassen. Wir müssen sie alle in ihren Zimmern isolieren.

WACHMANN: Das wird schwer. Schauen Sie mal auf den Bildschirm.

Eine Gruppe von Menschen betritt neugierig das Pool Zimmer. Viele ziehen ihre Handys hervor und fotografieren und filmen. Einer macht sogar Selfies mit den Leichen.

WACHMANN: Wenn wir nicht sofort etwas unternehmen, werden alle Menschen in dieser Anlage sterben.

HERR AMROD: Verdammt!

Herr Amrod geht eilends zu einem Computerbildschirm und spricht in ein Mikrophon hinein. Seine Stimme hallt über Lautsprecher in der gesamten Anlage.

HERR AMROD: Kehren Sie sofort in Ihre Zimmer zurück! Es herrscht Ausgangssperre! Kehren Sie sofort in Ihre Zimmer zurück!

WACHMANN: Die gehorchen nicht. Die machen einfach weiter.

HERR AMROD: Kehren Sie sofort in ihre Zimmer zurück! Dann werden Ihnen neue Privilegien freigeschaltet, mehr Geld, mehr Luxus, alles was Sie wollen. Aber gehen Sie jetzt, sonst gibt es gar nichts mehr!

WACHMANN: Es scheint zu wirken ... zumindest für den Anfang.

HERR AMROD: Das kann doch alles nicht wahr sein.

WACHMANN: Dieser Schwindel mit den neuen Privilegien wird sie nicht lange beschäftigen. Wir müssen ihnen die Wahrheit sagen.

HERR AMROD: Ja. Unser Hausarzt ist noch nicht angesteckt. Er soll eine Videobotschaft aufnehmen. Wir senden sie dann an jeden Haushalt in der Anlage. Und noch eine Sache.

WACHMANN: Was?

HERR AMROD: Schicken Sie sofort ein Fahrzeug in die Labore. Wir müssen diesen Kakotychía hierher schaffen.

WACHMANN: Wieso das?

HERR AMROD: An ihm können wir den Verlauf der Krankheit am besten beobachten.

WACHMANN: Das können wir auch an den anderen. Wir haben genug Infizierte.

HERR AMROD: (ungeduldig) Jetzt stellen Sie sich nicht so dumm an! Ich weiß, dass ich das Virus hier nicht eingeschleppt habe, aber viele andere werden das nicht glauben. Denen müssen wir einen Schuldigen präsentieren können. Also schaffen Sie ihn hierher. Ich rufe sofort bei Dr. Mariand an. Er ist mir noch ein paar Gefallen schuldig. Nach außen werden wir es so darstellen, als hätten die Erkrankungen erst begonnen, nachdem der Insasse zurückgebracht wurde.

DRITTE SZENE

Peter wird durch den Notausgang bei den Zäunen hereingefahren, ausgeladen und auf eine Wiese gelegt. Dann fährt der Wagen davon und das Tor schließt sich wieder. Er wacht langsam auf. Es wird bereits dunkel.

PETER: Was ist hier los?

Er erhebt sich ganz langsam. Die Verwirrung ist ihm deutlich anzusehen.

PETER: Ich bin wieder da. Wie kann das sein? Ich sollte nicht hier sein.

Er läuft langsam über die Grünfläche. Alles wirkt ausgestorben. Eine Durchsage ertönt und hallt über die gesamte Anlage.

DURCHSAGE: Bleiben Sie in ihren Häusern. Es besteht Ausgangssperre. Bleiben Sie in ihren Häusern.

Er geht weiter und sieht in der Ferne einige vermummte Men-
schen. Beim Freilichtkino werfen sie Fenster ein. Ein Feuer
bricht dort aus. Er läuft schneller, bis er rennt, und kommt vor
Heathers Haus zum Stehen. Er klingelt, aber niemand macht auf.
Er sieht Licht im Fenster und ruft hoch.

PETER: Heather bist du da?

Das Fenster wird geöffnet und Heather starrt ihn ungläubig an.

HEATHER: Peter! Du lebst!

PETER: Warte! Bleib oben! Komm nicht mit mir in Kontakt.

HEATHER: Hast du es etwa …?

PETER: Hab ich was?

HEATHER: Dieses Virus, das hier ausgebrochen ist.

PETER: Was?! Hier?! Also ich war in einem riesigen Labor, wo
die an sowas herumgeforscht haben, aber ich bin gerade eben
erst angekommen. Sie haben mich wohl durch das Notfalltor
bei den Hügeln zurückgebracht.

HEATHER: Wenn du es nicht hast, dann geh lieber schnell in
dein Haus und mach die Tür zu, damit du es nicht bekommst.
Sie haben riesige Gruben ausgehoben und zahlreiche Leichen
reingeworfen. Ich weiß nicht, wie viele schon tot sind, aber
manche laufen noch immer draußen rum, als ob nichts wäre.
Manche demolieren die Anlage aus Protest gegen die Einschränkungen.

PETER: Einverstanden. Wenn ich noch irgendwo ein Telefon zu Hause finde, dann ruf ich dich an. Ich bin nur hergekommen, um zu sehen, ob es dir gut geht.

HEATHER: Warte, ich hab hier oben dutzende Handys rumliegen. Ich werf dir eins runter.

PETER: (fängt es auf) Danke.

HEATHER: Bis gleich. Ich bin so froh, dass du noch lebst.

PETER: Warten wir ab, wie lange.

VIERTE SZENE

Herr Amrod und der Leiter der Wachleute stehen im Büro und starren auf einige Bildschirme. Auf den Bildschirmen ist zu erkennen, wie an mehreren Stellen Insassen vandalieren.

FRAU: Lasst mich rein! Lasst mich ins Sportstudio!

WACHMANN2: Bitte gehen Sie nach Hause. Das Sportstudio hat geschlossen.

FRAU: Ich brauche mein Sportstudio! Ich gehe jeden Tag ins Sportstudio und ich gehe auch heute! Das lass ich mir von niemandem verbieten!

WACHMANN2: Bitte gehen Sie nach Hause.

FRAU: Nein! (Sie schlägt die Scheibe ein.) Lasst mich rein! (Sie wird von Wachen weggetragen und schreit dabei.) Neeeeeein!

Der Bildschirm wechselt zu einer anderen Kamera. Ein Mann wirft Steine gegen die Schaufenster.

MANN2: Ihr habt uns neue Privilegien versprochen! Ich gehe hier erst weg, wenn ich sie habe!

Auf einem anderen Bildschirm hat ein Mob im Freilichtkino Feuer gelegt. Herr Amrod massiert sich die Schläfen und schaut zu seinem Wachmann.

HERR AMROD: Wie viele neue Todesfälle?

WACHMANN: Weitere fünfzig. Wir haben keinen Platz mehr für die vielen Leichen und heben deshalb Massengräber aus. Unser Personal trägt nun ausnahmslos Schutzanzüge. Aber einige Insassen rennen vandalierend durch die Anlage und schlagen alles kurz und klein.

HERR AMROD: Das ist nicht wichtig. Das kann man wieder aufbauen.

WACHMANN: Oh verflucht!

HERR AMROD: Was ist jetzt?!

WACHMANN: Im Bereich 11 hat sich eine große Menschenmenge gebildet.

HERR AMROD: Noch mehr Vandalen?

WACHMANN: Nein, das sieht eher aus als … Ich glaube, die feiern da eine Party.

HERR AMROD (schlägt wütend auf den Tisch) Diese verzogenen Bastarde! Sehen die nicht, wie ernst es ist? Schicken Sie die Sicherheitskräfte dahin! Die sollen die Leute nach Hause schicken!

Bei einem Outdoor Pool marschieren die Sicherheitskräfte vor. Doch bei dem Pool feiern und gröhlen eine Ansammlung von Menschen, springen ins Wasser, leeren sich Alkohol in den Mund und tanzen zur Musik.

WACHMANN2: Es herrscht Ausgangssperre! Bitte gehen Sie in ihre Häuser zurück. Bitte helfen Sie mit, das Virus einzudämmen.

MANN (betrunken): Darf ich was sagen?

WACHMANN2: Bitte gehen Sie nach Hause.

MANN: Ist das die Kamera? Kann mich hier jeder sehen? Ich will nur sagen, dass wir uns jetzt nicht kleinkriegen lassen dürfen! Lasst euch nicht von so einem blöden Virus den Spaß am Partymachen verderben! Wenn ich das Virus bekomme, dann bekomm ich es eben. Aber das hält mich nicht davon ab Party zu machen! Macht Party, als gäbe es keinen Morgen! Wuuuh!

WACHMANN2: Bitte gehen Sie nach Hause. Bitte helfen Sie mit, die Ausbreitung des Virus zu stoppen.

Die Partygäste prosten den Wachmännern lachend zu.

WACHMANN2: Bitte gehen Sie nach Hause oder Sie werden gewaltsam von diesem Platz entfernt.

FRAU2: Das ist die Mondlicht Party! Wir haben diese Party schon vor zwei Monaten angemeldet. Und kein blödes Virus kann uns davon abhalten, Party zu machen! Wuuh!

Herr Amrod dreht sich weg von dem Bildschirm, stützt sich auf seinem Tisch ab und versenkt das Gesicht in den Händen.

HERR AMROD: Wie kann man nur so verzogen und dumm sein?

WACHMANN: So haben wir sie erzogen.

HERR AMROD: So ein verdammter Mist!

WACHMANN: Ich würde sagen, diese Leute sind selber schuld. Wenn sie das Virus unbedingt bekommen wollen…

HERR AMROD: Sind Sie wahnsinnig?! Jeder dieser Menschen ist ein Vermögen wert! Wir haben für jeden bereits laufende Verträge. Jeder Todesfall ist ein großer finanzieller Verlust. Also halten Sie diese Leute verdammt nochmal am Leben!

WACHMANN: (starrt seinen Chef einen Moment verwirrt an. Dann nickt er und spricht in sein Funkgerät) An die Wachleute im Bereich 11. Treibt die Insassen auseinander. Benutzt was ihr braucht, Tränengas, Schlagstöcke, völlig egal. Hauptsache diese Leute gehen nach Hause.

Unterhalb von Amrods Büro in einem Gang zieht nun ebenfalls eine Gruppe Menschen vorbei und sie schlagen mit Schlägern auf die Einrichtung und die Wände ein.

MOB: Macht die Bars wieder auf!

Im Büro starren sich Herr Amrod und der Wachmann schockiert an. Die wütenden Insassen schleppen eine schreiende Frau mit sich. Erst als der Mob vorübergezogen ist und die Rufe leiser werden, ergreift jemand das Wort.

WACHMANN: Du liebe Zeit. Ich glaube, das war Candy.

HERR AMROD: Wenn die verschiedenen Mobs sich zusammentun, dann sind hier im Handumdrehen alle infiziert.

WACHMANN: Die könnten ihr sonst was antun. Was sollen wir tun?

HERR AMROD: (fiebrig nachdenkend) Schalten Sie alle Lichter im Hauptgebäude ab. Wenn sie schon nicht in ihren Zimmern bleiben, müssen wir sie wenigstens ins Freie locken.

Alle Lichter gehen aus. Auch das Geschehen auf den Bildschirmen ist nun in Dunkelheit gehüllt. Da flammen plötzlich überall auf den Bildschirmen kleine Lichter auf.

HERR AMROD: Verdammt! Sind das Fackeln?! Wo haben die die her?

WACHMANN: Wir haben ihnen immer wieder Fackeln für Partys geliefert. Offenbar hatten sie da noch welche übrig.

HERR AMROD: Schicken Sie die Wachen rein! Mit Teasern, mit Pfefferspray, mit Gummigeschossen, mit allem was sie haben.

Plötzlich flammt auf einem der Bildschirme ein größeres Feuer auf. Es ist der Speisesaal. Der erste hat Feuer gelegt. Ein paar andere machen es ihm gleich.

AMROD: (die Fassung verlierend) So ein verdammter Mist!

Das Feuer greift auf die anderen Möbel über. Auf den anderen Bildschirmen entbrennen Kämpfe. Wachleute und Demonstranten schlagen aufeinander ein. Es fallen Schüsse.

HERR AMROD: Wer hat denen erlaubt, scharf zu schießen?! Ich will diese Insassen lebendig.

WACHMANN: Sir! Das Feuer hat auf die umliegenden Räume übergegriffen. Ich fürchte, dass es sich nicht mehr eindämmen lässt. Wir müssen die gesamte Anlage evakuieren.

Es herrscht eine lange Zeit Stille. Herr Amrod schweigt und sammelt seine Gedanken.

HERR AMROD: Also schön. Dies ist nur eine Anlage. Wir haben noch mehr. Dann müssen wir wenigstens dafür sorgen, dass keiner der Infizierten die Anlage verlässt. Das wäre das Ende für uns.

WACHMANN: Die Menschen, die in ihren Häusern geblieben sind, können wir über das Notfalltor beim Zaun evakuieren.

HERR AMROD: Wir haben nicht genug Fahrzeuge und Personal, um sie alle zu einer anderen Anlage zu transportieren. Die nächste ist vierzehn Stunden entfernt.

WACHMANN: Wir könnten sie zur Quarantäne in die umliegenden Krankenhäuser schaffen.

HERR AMROD: Nein. Wir können kein Risiko eingehen. Die Wachen sollen auf der anderen Seite der Zäune patroullieren. Wer flüchten will, wird erschossen.

WACHMANN: Aber die, die in ihren Häusern geblieben sind, sind sicher noch nicht infiziert und wenn wir sie jetzt evakuieren, retten wir ihnen vermutlich das Leben.

HERR AMROD: Ich wollte, dass sie lebendig bleiben, aber hier drinnen! Wir können niemanden herauslassen. Es ist noch nie jemand freigelassen worden. Diese Menschen haben einen Vertrag unterschieben, dass sie diese Anlage niemals wieder lebend verlassen. Zehn Jahre Luxus bekommen sie dafür. Wenn das vereinbarte Ende ein bisschen schneller kommt, ist das immernoch besser, als wenn wir den Vertrag brechen. Ansonsten werden Insassen überall auf der Welt das Gleiche verlangen. Wenn wir nur ein einziges Mal nachgeben, dann zerbricht unser Geschäftsmodell vor unseren Augen. Keine Ausnahmen!

WACHMANN: Nun gut. Wie Sie meinen.

FÜNFTE SZENE

Peter ist wieder in seinem Haus. Die vielen Einrichtungsgegenstände und technischen Geräte sind alle wieder da.

PETER: (spricht vor sich hin) Fernseher, Computer … offenbar haben sie schon alles für den nächsten Kunden neu eingerichtet. Naja immerhin hab ich wieder W-Lan.

Er zieht das Handy hervor und wählt eine Nummer.

PETER: Heather! Bist du's?

HEATHER: Ja. Schön, deine Stimme zu hören.

PETER: (erschrocken) Hörst du diese Geräusche da draußen?

HEATHER: Nein, aber ich sehe von meinem Fenster aus, dass das Hauptgebäude brennt. Alles steht in Flammen.

PETER: Mein Haus ist nah bei den Zäunen. Ich glaube, da wird geschossen. Warte, ich gehe einen Stock höher. Ja, da ist eine Meute mit Fackeln und Ästen. Sie versuchen, die Zäune einzureißen. Die Wachen auf der anderen Seite schießen auf sie, aber die machen einfach weiter. Da kommen noch mehr Wachen! Sie haben ein Stück vom Zaun eingerissen, ein paar klettern rüber. Verdammt! Verdammt! Jetzt schießen die Wachen sie alle über den Haufen. Sie fliehen zurück in meine Richtung. Verdammt! Die schießen immer noch auf sie! Die rennen ihnen sogar nach und schießen ihnen in den Rücken. Sie kommen alle in meine Richtung.

HEATHER: Du musst da weg! Die werden in deinem Haus Deckung suchen und dann gerätst du genau in die Schusslinie. Komm zu mir! Bei mir ist es verhältnismäßig ruhig.

PETER: Alles klar. Ich komme!

SECHSTE SZENE

Peter erreicht Heathers Haus. Es steht in Flammen. Er bleibt geschockt davor stehen. Die untere Etage brennt lichterloh. Beim Fenster oben brennt noch Licht.

PETER: Heather! Verdammt!

Er klettert an der Fassade nach oben und schlägt das Fenster ein. Die obere Etage ist noch unbeschädigt, aber der Qualm und das Feuer kommen immer näher.

HEATHER: Sind sie weg?

PETER: Wer?

HEATHER: Da war ein Mob!

PETER: Als ich ankam, war niemand mehr da, aber dein Haus hat gebrannt.

HEATHER: (aufgeregt) Ich hätte mit dir fliehen sollen! Ich hätte mit dir über die Zäune klettern sollen!

PETER: Komm! Wir müssen hier raus! Die untere Etage brennt.

HEATHER: Das ist ganz schön tief! Wie bist du da hochgekommen?

PETER: Über die Pflanzen, aber die brennen jetzt auch! Komm wir knoten deine Decken zu einem Seil!

HEATHER: Damit kommen wir nicht bis ganz runter.

PETER: Aber weit genug runter, um zu springen!

Sie knoten in Windeseile ein paar Decken vom Sofa zusammen und klettern daran am Fenster hinunter. Die letzten zwei Meter lassen sie sich fallen und rennen weg von dem Haus. Aus dem Fenster dringt nun auch Feuer und Rauch. Als sie genug Abstand gewonnen haben, bleiben sie abrupt stehen.

PETER: Das war knapp!

HEATHER: (weinend) Warum haben sie es angezündet? Ich hab ihnen nichts getan. Ich hab ihnen nichts getan. Warum haben die mein Haus angezündet?

PETER: Komm her! (Peter umarmt sie.) Du bist jetzt bei mir. Wir bleiben zusammen okay? Wir passen aufeinander auf.

Sie nickt, während ihr weiter Tränen übers Gesicht laufen.

HEATHER: Wohin jetzt?

PETER: Da hinten wird geschossen. Also gehen wir in die andere Richtung.

Als sie sich gerade auf den Weg machen wollen, sehen sie, dass von der anderen Richtung aus ebenfalls Aufständische und Wachen auf sie zukamen. Schüsse fallen.

PETER: Da wird überall geschossen! Vielleicht hat der Direktor den Befehl gegeben, alle Insassen umzubringen.

HEATHER: Wir müssen hier weg!

PETER: Wohin?

HEATHER: Der Haupteingang! Wenn das Hauptgebäude abgebrannt ist, ist das Haupttor vielleicht eingestürzt und unbewacht. So kommen wir aus der Anlage raus.

PETER: Du willst in das brennende Gebäude?

HEATHER: Ich glaube, es gibt keinen anderen Weg. Hier draußen werden wir erschossen!

PETER: Einverstanden! Los!

Sie rennen in das eingestürzte Gebäude. Das Feuer ist zwar et-was zurückgegangen, aber es brennt immer noch an vielen Stel-len und alles ist voller Asche und Rauch. Sie durchqueren das verwüstete Poolzimmer.

PETER: Binde dir deinen Pullover ums Gesicht. Wir dürfen nicht zu viel Rauch einatmen! Wer ist da? (Jemand kommt ihnen entgegen.) Fred!

FRED: Ich war die ganze Zeit in meinem Haus. Aber jetzt bin ich rausgekommen, weil sie überall mit Schießen angefangen haben. Offenbar geht alles vor die Hunde.

PETER: Wir müssen versuchen, zum Haupteingang rauszukom-men.

FRED: Ja, das war auch mein Plan. Los!

Sie rennen zu dritt weiter. Jäh kracht ein Teil der Decke Peter vor die Füße. Noch mehr Qualm hüllt ihn ein. Er kann fast nichts mehr sehen.

PETER: (hustend) WARTET! Wo seid Ihr?

Heather rennt zurück, begibt sich in den Rauch und bekommt Pe-ters Hand zu fassen.

HEATHER: Schnell!

Sie rennen zu zweit weiter und können Fred einholen. Sie errei-chen den breiten Gang, in dem sich das Haupttor und die Treppe zum Büro des Direktors befinden. Doch ein zusätzliches Gitter

*versperrt ihnen den Weg. Dort hat sich bereits eine Menschen-
menge gebildet. Die Insassen brüllen und rütteln an den Gittern.
Auf der anderen Seite stehen Wachleute und bewachen das Tor.*

FRED: Sowas passiert, wenn man eine Spielhölle über Nacht in
eine Entzugsklinik verwandelt.

WACHMANN: Gehen Sie zurück nach Hause!

MANN2: Da wird auf uns geschossen verdammt nochmal!

WACHMANN: Gehen Sie nach Hause!

*Noch mehr Menschen stürmen in den Gang und hämmern an das
Gitter. Hinter ihnen stürzt die Decke ein und brennender Schutt
regnet in den Gang und versperrt ihnen den Rückweg.*

MANN2: Jetzt lasst uns schon raus, sonst werden wir lebendig
verbrennen!

WACHMANN: Gehen Sie weg von der Tür!

MANN2: Lasst uns raus ihr verdammten Schweine!!!

WACHMANN: Gehen Sie weg von der Tür!

PETER: Kommt mit!

*Sie holen zu viert eine prunkvolle Statue und benutzen sie als
Rammbock. Damit stürmen sie auf das Gitter ein.*

WACHMANN: (in sein Funkgerät schreiend) Wir brauchen sofort bewaffnete Truppen am Haupteingang! Die wollen das
Tor einreißen.

PETER: Und nochmal! Eins! Zwei! Drei!

Das Gitter gibt nach und die Menschen stürmen in den Gang. Die Wachen werden von den anderen Insassen brutal niedergemacht. Peter und Heather stehen nur fassungslos dabei. Fred hantiert sofort am Schaltmechanismus des großen Ausgangstors.

FRED: Wir brauchen eine Kennkarte, damit das Tor sich hebt.

MANN: Hier hoch geht's zum Direktor!

Die Insassen stürmen die Treppe nach oben und hämmern gegen die Bürotür. Herr Amrods Stimme ertönt von der anderen Seite.

HERR AMROD: Gehen Sie weg! Gehen Sie zurück in Ihre Häuser!

MANN2: Er ist noch hier! Bringt die Statue hoch! Wir brechen seine Tür auf!

Der Mob reißt die Tür ein und stürmt in das Büro. Ihre Rufe hallen durch den ganzen Gang.

MANN2: Da ist er! Wo ist die Karte?! Wo ist sie?

Herr Amrod wird von den Insassen die Treppe hinunter geschleift.

MANN: Er hat sie nicht bei sich!

MANN 2: Wo ist die Karte?!

HERR AMROD: (gegen den Lärm anbrüllend) Ich gebe euch die Karte nur, wenn ihr mich runterlasst!

MANN: In das Feuer mit ihm!

HERR AMROD: Nein! Wartet! Lasst mich runter!

PETER: Wartet!

Herr Amrod wird von den Insassen ins Feuer geworfen. Da stürzt mit einem lauten Getöse noch mehr von der Decke herunter und begräbt den Großteil des Mobs unter sich. Alle hämmern an das Tor und husten. Peter und Heather und Fred rennen die Treppe hinauf.

PETER: Wir werden in dem Qualm sterben!

HEATHER: Das Fenster!

FRED: (hämmert dagegen) Das ist Panzerglas!

PETER: (überlegt fiebrig, dann reißt er plötzlich den Mund auf) Er hatte eine Fernbedienung dafür!

Fred reißt die Schubladen aus dem Schreibtisch. Dann streckt er jäh eine Fernbedienung in die Luft.

FRED: Ich hab sie!

Er betätigt einen Knopf und das kleine viereckige Fenster öffnet sich langsam kippend. Fred schubst Heather zur Seite!

FRED: Aus dem Weg!

Er quetscht sich als erstes durch den schmalen Spalt, den das gekippte Fenster freigibt. Da ertönt jäh eine Sirene und ein rotes Licht leuchtet auf.

FRED: Was ist das? Ah! Das Fenster! Schalt es ab!!!

Das Fenster schließt sich von alleine wieder, während Fred noch zur Hälfte darin eingeklemmt ist. Peter schnappt nach der Fernbedienung und hämmert auf die Tasten.

PETER: Es geht nicht!

Fred schreit vor Schmerzen, während das Fenster sich schließt. Peter packt Heather und dreht sie von dem Anblick weg.

PETER: Sieh nicht hin! (Freds Schreie verstummen) Da ist ein Badezimmer! Los komm!

Sie stürmen hustend in das kleine Badezimmer, während die Flammen nun auch das Büro des Direktors verschlingen. Das Badezimmer hat keine Fenster. Es gibt keinen Ausweg mehr.

PETER: In die Wanne!

Während sich das Feuer auch in das Bad ausbreitet, nutzt Peter verzweifelt den Duschhahn, um Rauch und Flammen auf Abstand zu halten und die Wanne mit schützendem Wasser zu füllen. Beide halten sich an der Hand. Der Rauch wird immer dichter.

PETER: (hustend und nach Atem ringend) Runter!

Als der Qualm überhand nimmt, tauchen er und Heather zusammen unter Wasser. Dann kommt die Decke herunter und begräbt die Wanne und den restlichen Raum unter sich. Durch das Loch in der Decke erkennt man die Sterne. Die Flammen nehmen noch einmal zu, dann werden sie ganz langsam schwächer und das Bühnenbild verdunkelt sich. Im Hintergrund klingen noch immer die schrillen Alarmsirenen, die noch eine Weile in der Dunkelheit zu hören sind und dann ebenfalls langsam verstummen.